JN066099

“悠優”の追放魔法使いと
幼なじみな森の女神様。
1
~王都では最弱認定の緑魔法ですが、
故郷の農村に帰ると万能でした~

リュート
心優しき魔法使い。稀有な緑魔法の使い手だが、競争主義の学院生活になじめず、追放されて田舎の農村に帰ることになり……？
ミーア
リュートの幼なじみで、料理が得意な村娘。おっとりした性格だが、芯には一本筋が通ったところも。

ヴィヴィアン
森と緑の女神。互いに魔力を通い合わせられるリュートとは、小さいころからの幼なじみ。白猫姿に変身することができる。
フェリス
学院の優等生で、凛とした美少女。心優しいが一見ぱっとしないリュートのことを、ずっと気にかけている。

「ちょ、ちょっと!?」
ヴィヴィアンは突然、リュートにキスをした――

# “悠優（ゆうゆう）”の追放魔法使いと幼なじみな森の女神様。

## ～王都では最弱認定の緑魔法ですが、故郷の農村に帰ると万能でした～

1

kaede7

口絵・本文イラスト　村上ゆいち

CONTENTS

# プロローグ　「名門魔法学院と不適格な魔法使い」

「何だ、このザマは――」

　直立不動の姿勢で、ただ罵声を浴びせかけられる銀髪の青年、リュートの顔をめがけて、数枚の羊皮紙が乱雑に放り投げられた。

「さすがのお前でも、見なくとも分かるだろう？　……そのゴミは、先日の実戦でのレポートだ。誇り高き我が学院の魔法使いであるはずのお前は、前線に立とうともせず、友軍の背中をご自慢の、ど田舎仕込みの馬術で逃げるように走り回っていたそうだな？」

　光沢のある冷たい石の床に舞い落ちた羊皮紙をぐりぐりと踏みにじり、ため息交じりに話すのは、白髪を腰まで伸ばした初老の男性。リュートが通う王立ヴェデーレ魔法学院の学長であるアルフォンスだ。

「俺は！　わ、私はただ……少しの被害も出さないようにと、友軍の支援を――」

「……戯れ言を。支援に向く白魔法も、青魔法も使えないお前が、緑のマナなど皆無の荒野で、どうすれば人間に影響を与える程に強力な緑魔法が使えるというのだ？」

窓一つ無い部屋。テーブルの上で揺らめく蝋燭の炎に真下から照らされ、不気味に浮かぶアルフォンスは、掌をアーチ型の天井へと向けて肩をすくめると、首を左右にゆっくりと振った。

「王直々の推薦。千年もの歴史を誇るヴェデーレ魔法学院で初めての緑魔法使い。天才の証明。王都以外からの入学許可者――。いずれも無能なお前を守ってきた言葉だ。そのお飾りを信じ、学院を挙げて、我々は十分な支援をしてきた。そうだろう？」

「……感謝、しております」

「それなのにだ！　四年もの期間、お前は何か成果を残したのか？　世界の脅威であるゲートとの戦いで役に立つ魔法を、一つでも習得したか？　剣術は？　弓術は？　ならば魔法薬学は？　戦術はどうだ？　どれもこれも、欠片ほどの才もないではないか！」

眼前、小さな石造りのテーブルに開かれたリュートに関する書類の束を、激昂したアルフォンスが両手でがしっと掴み、顔の前に掲げると、怒りをぶつけるように縦に引き裂く。

「⁉　返す言葉もありません――」

学長の全身から放たれるのは、強烈な黒のマナを纏う威圧感。身震いとともに、リュートの背筋はもう一度、何かに引き上げられるようにピンと伸びた。

「分かっているのであれば話は早い。目障りだ！　お前はもう、田舎に帰れ」

極厚の花崗岩で形作られた狭苦しい部屋を揺らす、地鳴りのように低い声はさらに一段、トーンを下げる。

そんなアルフォンス学長の言葉は、リュートの耳に幾重にも折り重なり、何度も届いたようにさえ思えた。

「異論は無いな？　今は、一人分の食糧ですら惜しい。それが、国家の為だ」

「わかり……ました――」

衝撃的な宣告。しかし、リュートに大きな驚きはなかった。リュートはずっと前から想像していたのだから。

その、最後の一言が伝えられる日のことを――

▽

「……それで、リュート。貴様はポルトス村に帰るというのか？」

学院寮の二階、リュートの部屋。

腰まで伸びる美しい赤の長髪が夕風になびく。

学院の制服を乱れることなく完璧に着こなしたフェリスが、開かれた窓の枠に腰掛け、どこまでも遠くを見つめてそう言った。

王立ヴェデーレ魔法学院。

国の戦力、学術の中枢を担う魔法使いを育てるべく、各地の優秀な若者が集められ、英才教育を受ける場だ。

そんなフェリスの瞳をまっすぐ見つめる銀髪の青年、リュートは辺境の村、ポルトスの出身。

知らないうちに抱いていた、国を守る英雄への強い憧れを胸に、そして、村人たちの期待を背に単身、王都へとやってきた。

……しかし、挑戦の結果はひどいものだった。

村では天才だ、秀才だともてはやされた少年時代との落差。

リュート自身、もちろん相応の努力はした。

甲斐あってか奇妙なほどにスムーズに、合格のために必須と言われる王都の有力者の支援も得ることができた。

そうして最難関、詳(くわ)しくは明かされていないが数千倍ともいわれている、この王立ヴェデーレ魔法学院の入学試験は突破(とっぱ)した。

突破……だけは。

村を挙げての壮行会(そうこうかい)、期待に胸を高鳴らせた、華(はな)やかな入学式——

そのあとは挫折(ざせつ)と絶望の連続だった。

一を聞いて百を知る。この学校に入学した人間は皆(みな)、そういう特別な才能(ギフト)を持っていたのだから。

一を知るのに百学ばなくてはいけないリュート(凡才)には、最初から居場所などなかったわけだ。

「うん。俺はもう、ダメみたいだ。田舎に帰って畑仕事でもするよ」

「……そうか、諦(あきら)めるか。結局のところ、貴様はただの負け犬だったわけだな」

この言葉はもちろん、フェリスの本心ではない。

そんなリュート(落ちこぼれ)をいつも励(はげ)ましてくれた。

学院内で唯一(ゆいいつ)、リュートのことを認めてくれていた。どんなに低位の魔法の練習にだって付き合ってくれた。

彼女(かのじょ)こそが本物の、誰(だれ)もが認める数百年に一度の天才だというのに、だ。

きっとこの厳しい言葉も、それでもなおリュートを鼓舞(こぶ)しようと出てきたものなのだろう。

それがわかる分、ぶっきらぼうともいえる言葉が、余計にリュートの胸の奥へと響く。

「言っただろ？　学長にさ……言われたんだよ。もう、田舎に帰れって――」

「学長が何だ！　あんなやつリュートの事なんて、何もわかってないだろう！　私は知っている!!　先の戦闘でも、貴様の立ち回りのおかげで軍の被害がゼロで済んだことをな！」

興奮のフェリスは、言葉を被せる。

「それなのにだ！　貴様は、貴様はそれでいいのか!?　言われっぱなしで！　負け犬で!!　皆に笑われて!!　私は、私は――」

「いやー……。もう四年だよ？　戦闘に不向きな俺が、よくここまで持ちこたえ――」

リュートは悔しさと情けなさを噛み殺し、精一杯おどけてみせようとした。

「え!?　フェ、フェリス？」

驚いたことに、フェリスは目に涙を浮かべていた。

まさか、そんなリュートのために泣いてくれているというのだろうか。

いつも強気で凛とした、全学院生、いや、王都のあちこちで羨望のまなざしを浴びるフェリスの涙を、リュートは初めて目にした。

余りの出来事に面食らうリュート。それでも、なんとか平静を装う。

さっと涙を拭い、再び窓の外を向いたフェリスから顔を逸らし、見て見ないふりをしようとする。

「……ありがとう、フェリス」

「何がだ！　この負け犬!!」

　強いが、弱い。絞り出すような声。

「フェリスはいつもそう言ってくれるけど、やっぱりそれは買いかぶりだって。……俺はさ、やっぱり誰かと競い合うって事が、向いていないみたいなんだよ。きっと、だからどれだけ努力しても緑魔法しか使えない。王都を、国を守りたくてここに来たけど……俺のやり方じゃ、もう限界なんだよ」

「バカを言うな！　分かっているのだろう!!　貴様は、父以外でこの私に勝利した、初めての男なのだぞ！」

「……それも、全部フェリスが俺に有利なフィールドを選んでくれていただけだよ。あんなの実戦じゃ、何の役にも立たないって」

「フン！　全く過ぎた謙遜だ。そこまでいくと嫌味にしか聞こえん。同じ状況を与えたとて、他の者では私には指一本、触れられんだろうがな！」

　言って、フェリスは、潤んだその目を真っ直ぐリュートに向けた。

「で、でも、俺もあきらめたわけじゃないよ。考え方の違いだって。魔法はダメだったけどさ。国を支える方法は、一つだけじゃないだろ？」

「……なんだと？」

「うん。ほら、俺にはこれがあるから――」

リュートは、ベッドのサイドテーブルに置かれた花瓶から、一輪の黄色い花を抜き取る。

ヒマーリーは本来、緑のマナが微弱な王都では決して咲かない花だ。リュートが故郷ポルトス村から摘んできて、枯らさないように緑魔法で大事に育ててきた。

「……緑魔法、か。私は、貴様の力を誰よりもわかっているつもりだ。しかし、しかしだ！この王都で緑魔法というものは――」

緑魔法と呼ばれる「魔法」。リュートが唯一、人並み以上に使える「魔法」。

しかし、それは決して戦闘向きでは無いと認識されている魔法。

それゆえ、うまく使えたとしても、認められることも、決して評価されることもない。

さらに、この緑魔法という代物は、植物が生み出す緑のマナでしか使えない。

緑のマナを得られる場所から離れてしまっては、極端に効果が落ちてしまうという致命的な制約までついている。

ゲートと呼ばれる空間の歪みを通じ、異界から襲来する魔物に対抗するために整えられた魔法軍。

緑のマナの、唯一の発生源である緑地が全くといっていいほど存在しない荒野の真ん中に立地するばかりか、土壌ですら石とレンガに埋め尽くされた王都ヴィエナに建てられたこの学校に、緑魔法使いの居場所など、そもそもありようもないのだ。

「考えがあるんだ。俺だって、学院でのこの四年間、何もしなかったわけじゃない」

「貴様の努力は！　その……だな。私が、一番良く知って……いる」

「ありがと。……ほら、受け取ってくれよ。学院史上最高の人材が、俺の緑魔法がかかった花を受け取ってくれた。それだけで俺の、学院での生活には十分価値があるんだからさ」

「なっ!?　なんだと、そんな――」

「ほら、頼むよ、フェリス」

「あ、ああ。分かった分かった。他でもない、貴様がそこまで言うのであれば」

リュートは、手に持った黄色の花を、ほんのり赤い目をしたフェリスの、燃えるように紅い髪に、そっと挿した。

「ありがとうリュート。大事に……する」

涙目のフェリスが、くすりと笑う。それから、自身の髪を飾る花に、そっと触れた。

「フェリスに何かを渡すだなんて、考えてなかったから……。ははっ、紅い髪に黄色い花だと、なんだかちょっと合わないかな？」

「……馬鹿者。赤に黄色など、定番中の定番ではないか」

おどけるリュートを優しく小突くフェリス。

「いてっ！　ははっ！　やっぱりフェリスは、そうじゃないと」

つられてリュートまでもが笑顔になっていく。


「お！　いたいた!!　おーい、トーマス！　リュートがいたぞ」

「――だから最初から部屋に行こうって言ったのに」

ガチャリと、勢いよく扉が開く音とともに、賑やかな声が聞こえた。

「やあ、リューと――っとと」

「お！　もしかして、お邪魔だったかい？　その……帰ろうか？」

「何言っているんだよ、エリック。そんなわけないだろ？　ほら、入ってくれよ」

次第に、どこからか噂を聞きつけたリュートの数少ない学院での友人達も、その場に加わってきた。

わずかの葡萄酒とハム、チーズとで彩られたその小さな送別会は、忘れられない記憶となった。

▽

「リュート様、お迎えに上がりました」

次の日、ちょうど荷物をまとめ終えたリュートの元へ、完璧なタイミングで迎えの馬車がやってきた。

これでも一応、落第者への学院からのせめてもの計らいということなのだろう。

「……全く、準備のよろしいことで」

何もかもがお膳立てされていたことに、穏やかな気質のリュートにも、悔しい思いは確かにある。けれど、ここから故郷ポルトス村までは、野営をすれば馬車でも三日の距離だ。魔物の出現する森を抜けることにもなる。歩いて帰ることなどは不可能。田舎出身の学生の身、自身で馬車を借りる財力などあるはずもない。

学院が手配してくれた移動手段。さらに騎士の護衛まで付く馬車の提供を甘んじて受け入れることこそ、今のリュートにとっては得策だろう。

元通りにまとめられた荷物を両手に抱えると、リュートの脳裏には、ほんの少し前のことのように蘇ってくる。村のみんなが盛大に、リュートのことを見送ったあの朝のことが。

「……あーあ。なんて言って戻ればいいんだろ」

まだ陽も昇らない早朝にもかかわらず、見送りに駆け付けてくれた幼なじみのミーアにもらったお守りをぎゅっと握り、リュートはポツリ呟いた。

ぐしゃぐしゃになったミーアの泣き顔を皮切りに、四年前、壮行会の時の、村の人たちの声が、顔がフラッシュバックする。

どんな顔をして帰ればいいのか。村人たちはリュートのことを、受け入れてくれるのだろうか。

ポルトス村のみんなは優しい、きっと、何事もなかったかのように接してくれるだろう。

そんなこと、リュートにはとうにわかっている。

けれど、負い目からか、そんな心配ばかりをしてしまう。

王都を発って何時間も何時間も、暗くなっても明るくなっても、リュートの頭の中を駆け巡るのは、そんな解決のしようもない不安だった――

▽

『ガタっ、ガタガッタタンンッツ!!』

突如、馬車が大きく揺れて停止した。

王都を出てどれくらい経ったただろう。一度、夜が明けたことは覚えてる。御者が交替し、馬車は休むことなく進み続けていたから、随分ポルトス村には近づいたはずだ。

明らかに異常と分かる音と衝撃で、まどろみかけていたリュートは瞬時に覚醒し、何事だろうと慌てて外を見る。

「リュート様、いけません！　馬車の中に隠れていてください！」

夜の帳はすでに下りているようだ。

ランタンを持ち、ただならない様相で注意を促す護衛の騎士に従い、リュートは馬車の中に、再度身をひそめた。

――しかし、次の瞬間。

「ぐぁあああぁあああ!!」

当の騎士と思われる叫び声が板張りの馬車の壁に跳ね返り、より大きな音となってリュートの耳に届いた。

「な、何が起き――」

慌てるリュートは、もう一度馬車の外に顔を出す。

馬車に架けられたランタンと、満月の月明かりに映し出されたその光景に、続く言葉が出ない。

護衛の騎士達が手に持つ剣は、無残にもへし折られている。身につける鎧が砕かれて、露わとなった生身の腕には、特徴的な牙の跡が見えた。

傷口から滴る血の赤が、満月の光に怪しく輝いている。

「ムーンウルフの群れだ！　リュート君！　今すぐここから逃げるんだ!!」

騎士の言葉。反射的に、リュートは空を見上げた。

ムーンウルフはその名の通り、月齢でその性格を変える魔物。悪いことに、今宵は満月、最も血に飢えた夜だ。

考えることなくリュートは馬車を飛び降りた。このまま留まっていたとしても、ただやられるのを待つだけだ。

騎士団にも急ぐ理由があったのだろう。通常では考えられない時間帯での移動に、疲労や集中力の欠如があったことは間違いない。それに、不慣れな夜の森での奇襲という状況も悪い。

「誇り高き王都ヴィエナの騎士が、ムーンウルフ如きに!!」

騎士の一人が、折れた剣を、怪我を負った反対の手に携え、ムーンウルフに攻撃を仕掛ける。

しかし、ムーンウルフは騎士の攻撃をひらりとかわし、反対に、今度はその剣を、根元から完全に破壊した。

「ば、バカなっ!? 我々が遊ばれている……だと!?」

「お、おい! 逃げるぞ! 分かってんだろ? こいつらは只のムーンウルフじゃない!」

「逃げるだって!? 敵前逃亡など、許されると思っているのか! 何より我々には、リュート君を無事にポルトス村に送り届けるという任務が――」

「落第生の事なんて知るかよ! 命あってのことだろぉが! 護衛の帰りに、馬車を破壊されたって、そういうことにしておけばわからないさ! オイ、早くしろ! 俺達はもう行くからな!!」

「ぐぬぅう……」

三人の騎士のうち、二人はもう、逃走の意志を固めたようだ。

道中、リュートに優しく声をかけ続けてくれた騎士の一人だけは、どうしても踏ん切りがつかない様子で、震(ふる)える両手に、残った剣の柄(つか)だけを構えている。

「忠義の誓(ちか)いには背(そむ)けん！　私は最後まで任務を――」

「おい！　獲物(えもの)はここにもいるぞ！」


『火球(ファイアボール)』


無意識にリュートはそう叫ぶと、手に持っていたランタンを、ムーンウルフの群れに放り投げていた。

ガシャリと風防が砕け、こぼれた油にランタンの火が引火し、闇夜(やみよ)をぽっと照らす。

「皆さん！　早く逃げてください！　森の中でなら俺にもやりようがあります!!」

満足に使えもしない赤魔法の火を指先に灯(とも)し、わざとらしく刻む術式を発光させてみせながら、逃走を躊躇(ためら)う騎士に、リュートは精一杯叫(せいいっぱいさけ)んだ。

ムーンウルフはランタンを投げた主、リュートに苛立(いらだ)ち、ぐるり周囲を取り囲む。

「ほら、護衛対象もああ言っているんだ――」

「リュート君……。す、すまないっ！　どうか、武運を!!」

リュートの言葉に、「剣」を放り投げ、最後の騎士はその場を離脱(りだつ)する。

ほっとため息をつくリュート。とはいえ、訓練場ではリュートよりもずっと強いはずの騎士が三人もいたのに、全く歯が立たなかったのだ。

敵の思うようにされては、リュートにはまず勝ち目はない。

「……どこだ、どこにいる」

ランタンの油が燃え切ったのか、もはや敵の存在は視認できない。

それでもムーンウルフは必ずいる。奴らが獲物を残して去るとは考えられない。虎視眈々とリュート（食糧）の命を狙っているはずだ。


『森よ、呼応せよ――』


リュートは、緑魔法を展開する。

緑魔法はリュートが唯一、満足に行使することができる系統だ。都市部や戦場では役に立たないといわれ、邪険に扱われている緑魔法。

しかし、十分にマナの供給を受けることができる森の中ではいくらでも使い道はある。

まず、手始めに『夜目（ナイト＝サイト）』の魔法を使う。

夜の森での戦闘。そもそも夜行性の魔物に対して、人間は圧倒的に不利だ。ひとまずリユートは、魔法でその差を詰める。

次に、周囲にマナの網を広げていくリュート。

潤沢な緑のマナに、森全体が呼応する。感覚の共有。草木の声が聞こえる。全ての植物が目となり、手足となる。

ただの強がりではない。植物を自在に操ることができる緑魔法は実際、ポルトス森林ではかなり有用だ。

「よし！　見つけたぞ！」

殺気を帯びた生物が数体、リュートの索敵の網にかかった。
一、二……三、獲物を確実に仕留めようと、馬車を取り囲むように配置されているようだ。
しかし、ムーンウルフの群れとしては最小規模だ。それならば、リュートが生き残る望みは、かすかにだがある。

『根絡み』

ターゲットに向けて、リュートは緑魔法の基礎呪文を唱えた。

『根絡み』は、その名の通り、植物の根を魔力によって変化させ対象を捕縛、敵の自由を奪う魔法だ。

ムーンウルフの周囲の大地が隆起し、マナを与えられた無数の根が、敵を捕らえようと全方位から襲い掛かる。

……しかし、ムーンウルフはそれぞれそれに反応し、わずかな隙間を駆け抜け、素早く回避。

焦り。詠唱も行わず、術式も刻まずに突発的に発動した魔法では、威力も範囲も十分ではない。

反対に、回避しつつもムーンウルフは確実に術者との距離を詰める――

あっという間に、リュートとムーンウルフとの間合いが無くなった。もはやこれ以上、中距離の魔法は使えない。

「だったら――」

『木々よ、我を守る鎧となれ、敵を砕く刃となれ』

『木々の守り』

詠唱。武具によく用いられる大森林名産のポルティーウッドが集まり、リュートの体を包（つつ）み込（こ）み、鎧となる。

良質な木材と、緑のマナとで作られたこの鎧は、半端（はんぱ）な金属鎧とは比べ物にならないくらいに頑強（がんきょう）だ。

同時に召喚（しょうかん）した、リュートの手にしっかりと握られた木剣（ぼっけん）も同様だ。地域限定ではあるが、非常に強力な武具。

魔法で生み出した武具を装備したときには既（すで）に、リュートはムーンウルフに包囲されていた。

「なっ！　疾（はや）い!!」

現在と状況は異なるが、リュートはムーンウルフと対峙（たいじ）したことがある。

そもそも金属の鎧を砕くほどの咬合（こうごう）力など、ムーンウルフにはなかったはずだ。さらに速度までが異常。

全てがおかしい。空を見上げたリュートの背中を、冷たい汗（あせ）が伝う。

記憶よりもずっと素早いムーンウルフの一斉攻撃（いっせいこうげき）を受け、次々とその牙が生成された鎧に刺（さ）さる。

が、ムーンウルフの爪（つめ）も、牙も、それを貫（つらぬ）くことはない。

騎士のものとは全く異なる、魔法で形作られた頑強な鎧。予想外の反動に、ムーンウルフはひとたび、大きく後退する。

今度は慎重に、十分に力を込め、一匹ずつ攻撃を仕掛けるムーンウルフ。

リュートはそれに合わせて手にした剣を振るうが、ムーンウルフにヒットすることは無い。

思い出せば、リュートは、剣術の授業も散々だった。

今も、まとわりつく羽虫を退けるように、やみくもに剣を振り回しているだけだ。

下手の剣が地形を、森を、環境を活かして襲いくるムーンウルフに当たる道理は無い。

珍しくはない魔法学院の落ちこぼれには、騎士学校に編入するという道もあるにはある。

しかし、リュートはついにその受験の勧告をされることもなかった。

「ちくしょう！　やっぱりだめなのかよ！　俺は!!」

鈍い音を立てて鎧にはじかれる牙、音もなく空を切る剣、それが延々と続き、互いに決定打を欠いている。

単純な攻防。それでもリュートのマナは鎧の維持のため徐々に枯渇していく。

ポルティーウッドの装甲も、少しずつ薄くなっているようだ。徐々に牙の衝撃が、リュートの体に届き始めていた。

疲労からか、ムーンウルフの動きも少しずつだが遅くはなっている。それでもリュートの攻撃は当たらない。向こうは三匹、休みを取りながら波状攻撃ができるのだから。

有限なマナを使う以上、長期戦はリュートにとって圧倒的に不利。

「最後にミーアのシチューが、食べたかったな……」

思い出すのは故郷の味。力を振り絞った一閃も空を切った。

同時に、ついにリュートのマナは尽きた。

マナの供給をたたれた鎧が、剣が大地に還っていく。

装備が解けて無防備になったリュートに、勝機を見たムーンウルフが一斉にとびかかる。

リュートは死を覚悟し、強く目を瞑った。

その時だ、固く閉じた瞼の裏からでもはっきりと分かる神々しくも強烈な光とともに、夜明け前の月明かりのように美しい、金の髪を伸ばした少女が、リュートの前に現れたのは――

# 第一章「忘れられたピンチと幼なじみな女神様」

一瞬、時間が止まったかと思うほどの強烈な閃光に包まれるポルトス森林。

瞼の裏に見える赤が引いた頃、リュートは恐る恐る、自分の視界を確認するように目を開ける——

驚くことに、そこにはかつて見知った姿があった。

「え？　ヴィ、ヴィヴィアン⁉」

月明かりと見間違えるほどに美しく煌めく金髪を肩まで伸ばし、青く澄んだまっすぐな瞳でリュートを見つめるのは、まさに光の化身。

目が光に慣れ、徐々に明らかになっていく、まるで時が止まっていたかのように、リュートと別れた四年前と全く変わらない姿の少女——

「リュート、久しぶり！　会いたかったよー！」

かの光とともに突然現れた、ヴィヴィアンと呼ばれた少女は、リュートの姿を確認するや否や、迷うことなくその胸へと飛びこんだ。

「――ちょ!!」

絶体絶命。リュートがおかれている緊迫した周囲の状況など、天真爛漫なヴィヴィアンはまるで意に介さない。


『『グルルルルル……』』


ヴィヴィアン登場の際の強烈な閃光を浴び、ひとたび間合いを取りなおしたムーンウルフ達の、不気味な唸り声が響く。

新たな獲物の登場のせいか、閃光による動揺からか、先ほどよりもより殺気立っている様子だ。

「い、いや、ヴィヴィアン! ほら、今、俺ピンチなんだって! 周り、周り見てって!!」

「周り? えっーとねぇ……。うん! 私の目の前に、リュートがいるよ!!」

大げさな身振りで窮地を伝えるリュート。

それでもなお、まっすぐにリュートの瞳を見つめるヴィヴィアン。

「いや、だからもっと視野を広げてくれって！」

「へへっ。冗談だよぉ。えっとね……まずは壊れた馬車でしょ？　それから――」

もう一度、ヴィヴィアンはリュートの、深緑の瞳をのぞき込んだ。

「りゅー……」

思わず視線を逸らせてリュートは、今度は指をさし、示す。

「もう!!　……うん、犬が三匹ね」

「……へ？」

「なんなのよ、あいつら。邪魔ね……」

しっしと、まるで野良犬を追い払うかのように手を振り、それから三匹のムーンウルフを恨めしそうに睨むヴィヴィアン。

「犬って……ヴィヴィアン。君も知っているだろうけど、あれはムーンウルフだよ？　それも、今日は満月。だから、かなり凶暴な、ね」

「ふーん。ムーンウルフねぇ……。それにしてはちょっと、アレみたいだけど？」

「アレ……って??」

「まあいいわ。ほら、リュート、あんなのさっさと倒しちゃってよ」

ムーンウルフを再度睨みつけるヴィヴィアン。

かのムーンウルフ達は先ほどの閃光や、ヴィヴィアンの放つオーラに警戒を強めているのか、威嚇の姿勢をとったまま、動かずにいる。

「簡単に言うよなぁ……。それが、もうマナがなくてさ、ほら」

リュートは手を開いて緑魔法を展開しようとする。が、ポスンと音を立てて魔法は失敗してしまう。

マナ不足の典型的な症状だ。

「マナ？　そんなのいくらでもあるじゃない？」

「え!?　ヴィヴィアン……それってどういう――」

「ほらほら、リュートっ！　いつもの儀式」

言って、リュートの顔のすぐ近くに、躊躇うことなくヴィヴィアンは真っ白な頬を差し出した。

「い、いやいや、ヴィヴィアン!!　俺もほら、もう子どもじゃないっていうか――」

提案に、パニックになるリュート。

構うことなくぐいぐいと、頬をリュートの顔に近づけるヴィヴィアン。

「もう！　じれったいんだから！　私が何年待ったと思ってるのよ!!」

「……そ、それに、結局アレってやらなくていいんじゃなかった――」

ヴィヴィアンの頬がぷくっと膨らんだかと思った次の瞬間、柔らかい唇がリュートの頬に触れた。

ヴィヴィアンは突然、リュートにキスをした――


「ちょ、ちょっと⁉」

リュートの顔がさっと赤くなる。

次の瞬間、周囲が再びまばゆい光に包まれた。

かと思うと、金髪の少女ヴィヴィアンが、今度は光の粒となり、リュートの中にすうっと入りこんで消えた。

心の動揺とは裏腹に、光の粒と化したヴィヴィアンを、ごく自然に受け入れるリュート。

途端に、みるみるリュートの体内にあるマナ器に、溢れんばかりのマナが注ぎ込まれていく。その量は、無限とも思える程のものだ。

「この感覚、懐かしいな……。相変わらず凄いマナ量だ」

『えへへっ。覚えてくれてたんだ。嬉しい！』

リュートは確かめるように、何度かゆっくりと手を開いたり、握ったりする。

そして、まだほんのりと唇の温かみが残る頬に触れ、ヴィヴィアンと初めて出会った時の胸の高鳴りを、再び感じていた。

『私とリュートとだったら、あんな犬三匹追い払うなんて、簡単なことだよねっ！　さあさあ、久しぶりに暴れるよぉ！』

「安心するのはまだ早いって！　それに、暴れる必要なんて無いんだから、な？　ヴィヴィアン？」

『もうっ！　リュートは慎重なんだから。……へへへっ！　少しも変わらないね』

「……全部、ヴィヴィアンに鍛えてもらったおかげだよ？」

『何のこと？　私、わからなーい！』

再会を果たした二人が話している間に、どうやらムーンウルフもまた、冷静さを取り戻したようだ。

一転、今度は唸り声をあげることもなく、獲物であるリュートを睨みつけている。

リュートは手を掲げ、緑魔法を展開するためのマナを集め始めた。

危険を感じたムーンウルフは一斉にリュートにとびかかる。が、ムーンウルフがとらえたのは、緑魔法で作られたリュートの幻影。

難解な術式がリュートの脳にあふれた。同時に、濃密な緑のマナが、リュートを目指し、辺り一帯を駆け巡る。

膨大(ぼうだい)な緑のマナを媒介(ばいかい)とした、大自然との同調。

術者であるリュートには、森のすべてを掌握(しょうあく)したようにすら思えた。

『時をわたりし大樹。刹那(せつな)の命を与(あた)える。今、我に随従(ずいじゅう)せよ――』

『生ける森(リビング=フォレスト)』


術式を刻み、詠唱。すぐ近くの木に次々手を触れ、リュートは強大なマナを送(おく)り込んでいく。

『『『ゴゴ、ゴゴゴゴゴゴゴォおおぉおお』』』


轟音(ごうおん)とともに、マナを与えられた木々はその姿を大きく変えた。

大量のマナを供給された樹木の大きさは数倍にもなる。無数の枝を手とし、自らの力で引き抜いた根を足とする。

生物としての命を与えられた木々は、その巨大(きょだい)な体からは想像できないくらい軽快に、嬉々としてあたりを駆けていく。

動きは軽くても、重量はかなりのものだ。巨大な木人達に踏み荒らされる大地。

あまりの強大さに、自分の発動した魔法とはとても思えず、目を白黒させるリュート。

危険を感じ、散り散りに逃げるが、連携の良い木人の動きに、すぐさま追い詰められてしまうムーンウルフ達。

ムーンウルフの退路を完全に塞いだ木人達は、獲物を捕らえたとばかりに、枝葉の数の掌を大きく振り上げた——

「術式で書いた指示と違う!? 暴走っ！ これだけの魔法、とても制御が——」

追い払う、ただそれだけ。術者であるリュートからの指示は術式に刻み込まれているはずだが、強大すぎる魔法は、最早リュートの手から離れてしまったようだ。

いかに素早いムーンウルフとはいえ、雨粒を避けることなど決してできないだろう。

「駄目だダメだ!! 無意味に命を奪っちゃ……いけない！」

ムーンウルフに照準を合わせ、振り下ろされる無数の掌。

リュートは腕を水平に持ち上げると、必死にマナを送り込む。


『『ズずずうぅうううん』』

リュートの小さい体が飛び上がるほどに、大地が大きく揺れる。それほどまでに容赦なく、木人達の巨大な掌は、何度も何度も大地を叩き続けた。

それでも、ギリギリのところで、リュートの意志は木人達に届いたようだ。

舞い上がった土埃が落ち着くと、三匹のムーンウルフの尻尾が遥か遠く、リュートの夜目に確かに映った。

術式に刻み込まれたリュートの命令を果たした木人達は、狂乱から覚めたように今度は行儀よくゆっくりと歩き、元の通りに体を縮めて根を伸ばすと、元の場所へと落ち着いた。


やがて、夜の森に、再びの静寂が訪れた――


「お帰りっ、リュート!!」

再び光の粒となってリュートの体から出てくると、ヴィヴィアンは勢いよくリュートに抱きつき、無邪気にそう言った。

「うん、ただいま。ありがとうヴィヴィアン。助かったよ」

気恥ずかしいのか、ヴィヴィアンから顔をそらして呟くリュートの様子をまじまじと見て、笑顔に涙をためるヴィヴィアン。

「……それにしても、さすがは『緑の女神』様。相変わらず、すごいマナ量だなぁ」

「リュートの力だよ？　私がいくらマナを与えたって、誰でもこうはいかないと思う。リュートにはバカみたいな――えっとぉ……そうだ！　海のようなマナ器があるからね！　海なんて私、見たことないけど」

「バカって……誤魔化してもしっかり聞こえたぞ、ヴィヴィアン？」

リュートは、ヴィヴィアンの額を人差し指で優しくぐいっと押す。

「えへへっ」

「……ヴィヴィアンはそう言ってくれるけどさ。俺、王都じゃ全然通用しなかったよ」

「リュート、王都で大変だったんだね……。言ったでしょ？　緑魔法は森の外じゃ、使い物にならないよって！　……でもでも、私がいるからもう大丈夫だね！　じゃあ、まずはリュートを追い出した王都とかってところ、破滅させに行こっか？」

「ええ!?　い、いやいやいや、そういうことじゃないんだって!!　それに、ヴィヴィアンは確か、この森から出られないんだろ？」

冗談のようなことを真顔で言い放つヴィヴィアンの、小さな火種をリュートは慌てて消す。

「うぅー……。それは、そうだけど……」

「あ！　そうだヴィヴィアン。俺をここまで連れてきてくれた騎士達が、王都の方に向かっていったんだ」

「え⁉　ただの人間がこの夜の森を？　馬にも乗らないで⁇」

「うん。さっきのムーンウルフ達に襲われてさ。その……俺が逃げるように言ったんだ。それに、三人とも怪我をしている――」

「ふぅーん……。魔物(まもの)を前にして逃げるだなんて、とんだ騎士様ね。前にリュートから聞いた話とは大違(おおちが)い」

「仕方がなかったんだよ。夜の森じゃ緑魔法無しに、まともに戦えっこないって」

リュートはうつむき加減でそう呟いた。

「……だから、頼むよヴィヴィアン。あの三人を――」

「はぁー……。わかった。さっきのムーンウルフを仕留めなかったこともだけど、ほんっと、リュートってお人好(ひとよ)し……。でもでも、それでこそリュートだよねっ！　変わっていなくて私、嬉しい!!」

満面の笑(え)みで、もう一度リュートの胸へとヴィヴィアンは飛び込んだ。

「私ね、リュートが都会で悪い人間と過ごして悪人になっちゃうんじゃないかって、ずっとずっと心配だったんだ……」

「悪人って……。ま、中にはそういう人もいたけどさ」

わずかな重みと確かな温かさ、それに、肌を通して伝わる鼓動の速さに、リュートとの再会を、ヴィヴィアンが本当に心待ちにしていたことが伝わってくる。

「あ、あれ？　おかしい、力が、入らない……」

「うん!!　後は私に任せて、あの三人は、ちゃんと森から出られるようにしておくから。……安心してリュートはゆっくり休んでね」

突然の虚脱感。残りの力をすべて使い果たしたのか、ヴィヴィアンの笑顔を見たリュートは、そのまま反対に、ヴィヴィアンの胸へと崩れた。

▽

瞼の裏に光が見えた。朝か、と、リュートが目を覚ますと目には、金髪の少女の顔がアップになって飛び込んでくる。

リュートを覗き込む少女の顔は横向きだ。

頭には柔らかい感覚が伝わってくる。状況を考えると、これは目の前の少女の膝枕だろうか。

「……ああ、夢か」

全く身に覚えのない状況。

「まだ眠いや。もう一度、寝ようかな――」

瞬時にリュートはそれを夢であると判断し、さらに深い眠りにつこうと寝返りを打つ。

「ちょ、ちょっとリュート⁉　夢じゃないって、私、ヴィヴィアンよ！　覚えてるでしょ？」

「……え？　ヴィヴィアン？　ヴィヴィアンだって⁇」

そういえば、そんな知り合いもいたかな。と、寝惚けたリュートはようやく、ゆっくりと上半身を起こす。

視界はなおもぼやけている。まだ夢うつつではあったが、リュートはぐるり周囲を見渡した。

朝露に煌めく世界。春の森には緑が芽生えつつある。

視界に入る見慣れた植物に、ここが確かにポルトス森林であること、それから、周囲が巨大な怪物に踏み荒らされたようになっていることを、リュートはじっくりと、時間をかけて確認する。

最後に、リュートの目には破壊された馬車の残骸が映った。

――これは夢ではないのだと、リュートはようやく、現実を受け入れた。

「夢じゃ、無いんだな……？　いててて――」

突然の激痛。リュートは思わず頭を抱えた。どれもこれも、マナ機関を酷使した際に起こる症状だ。

「ごめんねー。ちょっと調子に乗りすぎちゃったみたい……。私、嬉しくって」

ぺろっと舌を少しだし、自らの頭にげんこつを軽くぶつけるヴィヴィアン。

「ヴィヴィアンのせいじゃないよ。俺の、マナ制御の問題だから」

「すごいよね、リュートって！　王都でとっても頑張ったんだね！」

「……ん？」

「村を出ていった頃とは大違いじゃない？　黒魔法も、白魔法も、赤魔法も、青魔法も、全部、ぜーんぶ使えるようになったんだ!!」

「⁇　何言ってるんだよヴィヴィアン。俺はそんなの、どれもまともに使えないって」

失敗と劣等感にまみれた学院での日々を思い出し、思わずリュートは顔を伏せる。

「……だから学院を追い出されて、手ぶらで帰ってきたんだから」

「ええ⁇　そうなのかなぁ？　……どれも結構、いい感じだったと思うよ？　私、リュートの中で感じたんだよ⁇　緑のマナの上に、ほんのちょっとだけど、全部の色のマナの芽が出ていてね！　だってだって、あんな魔法、緑魔法だけじゃできないよ？　生命を操る、木に命を吹き込む黒魔法ができないと――」

「緑のマナの上に、かぁ。……だったら、ヴィヴィアンのおかげなんだろうな」

実際、森に戻ってからリュートはただならないマナの高まりを感じていた。

幼いころにヴィヴィアンから授かった『緑の女神』の加護によって、鍛えたわずかな魔力が底上げされたのかもしれない。

リュートはそれでも、最高峰の魔法学院に四年も通った。

誰よりも魔法の練習をしたし、勉強もしたという自負はある。

その努力が、少しは役に立っているのだろうと、信じたい気持ちもあった。

「そうそう、私がいるからもう大丈夫だよ！　リュートには、やっぱり私が付いていないとね！」

えっへんと、小さな胸を張るヴィヴィアン。

リュートの脳裏にヴィヴィアンの、王立ヴェデーレ魔法学院に出発する前の日に別れを告げたときに見た、涙で目を腫らせたその顔がフラッシュバックする。

もう会うこともないだろうと、その時は決意を確かにしていたのだ。

「リュート？　あのね……。これからは、ずっと一緒にいられるんだよね？」

上目遣いで、恐る恐るそう問いかけるヴィヴィアンの姿に、リュートは少し複雑な気持ちになっていた。

「……」

リュートは故郷に凱旋したわけではない。落第して、帰郷を余儀なくされたのだから。

「う、うん。とりあえず、しばらくは村にいるとは思うよ」

意地を張る。当然、村に戻る以外の選択肢はリュートにはない。

「やったー！　また森で遊べるんだね!!　それじゃあ早速、ポルトス村に行こっ！」

上半身を起こしただけのリュートの手を掴み、笑顔のヴィヴィアンが強く引っ張った。

「……ありがとう、ヴィヴィアン」

「ん？　何が??」

明らかにとぼけているヴィヴィアンの様子に、思わずリュートの目がしらが熱くなる。

「あ、いや、でも、その、何だ……。落第した俺が、女の子を連れて帰るってのも、なんだか、なあ……。ほら、みんなにどう説明していいのか」

「……そんなこと？　全くもう、しょうがないわね」

歯切れの悪いリュートに、ヴィヴィアンは不満そうだ。ぷくっと頬を膨らませている。

「うーん……。そうだ！　なら、これでいいでしょ？」

今度は淡（あわ）い光に包まれるヴィヴィアン。

光の中からすぐにリュートの目の前に現れたのは、純白の猫（ねこ）。

それから、その猫はぴょんと、リュートの肩（かた）に飛び乗った。ヴィヴィアンは猫に姿を変えたらしい。


「にゃー、にゃーあーあ」


どうやら、猫の姿では人の言葉を話すことはできないようだ。村に連れて帰るなら、むしろ好都合だろう。

「ヴィヴィアン、重いって！」

「にゃぁぁー！」

デリカシーのないリュートの言葉に、首筋を狙ってカプリと噛（か）みつくヴィヴィアン。

「い、痛ぇぇぇぇ!!!?　こっちの言葉はわかるのかよぉお！」

振り落とされるも、くるりと華麗（かれい）にヴィヴィアン猫は着地した。

「ご、ごめんヴィヴィアン。でもまあ、その姿なら大丈夫か」

不幸中の幸いというべきか、この地点は、リュートの故郷であり、今回の目的地でもあるポルトス村にかなり近い。徒歩でも半日あれば着くだろう。

ふと昨夜の出来事を思い出したリュートは、緑魔法で周囲の索敵をする。

命を持った大木が大暴れしたおかげか、網に魔物はかからない。

旅は道連れ、一人も悪くはないが、供がいるとなお良いものだ。と、リュートはヴィヴィアン猫の顎(あご)を撫(な)でる。

ヴィヴィアン猫は目を閉じ、焦(こ)がれた再会への喜びを表すように、喉(のど)をゴロゴロ鳴らして満足そうにしていた——

# 第二章 「早すぎた帰郷と予想外な反応」

「……さて、どうしたものかな」

リュートはどうしても一歩を踏み出せず、ぴたり立ち止まった。

半日ほどかけて、一人と一匹はポルトス村の入り口に到着していた。

途中、ヴィヴィアン猫が自生するマタタビに気を取られたり、蝶や野ネズミを仕留めようと、大げさに反応したりして、余計に時間はかかったけれど。

「姿を変えるだけで、中身まで変えることないのになぁ……」

リュートは不思議に思いながらも、猫の姿となったヴィヴィアンの、夢中で遊ぶその姿を珍しがってその様子を眺めた。

そのほかには、リュートの魔法『生ける森』の影響もあり、魔物に襲われるどころか遭遇することもない、順調な道中だった。

ポルトス村の入り口、とはいっても、いつ作られたかわからないような朽ちた看板があ

るだけだ。王都ヴィエナのような城門や、立派な柵があるわけではない。

それも、朽ちて文字も読めない、ただの汚らしい板。


『ようこそ、ポルトス村へ!!』


リュートがまだ小さい頃、そう書かれた看板をかつて見たような気がする。やっと文字が読めるようになった頃の記憶だ。

王都からもかなり離れた辺境のポルトス村に訪れる人など、ほとんどいない。

ポルトス名産のエールや、近隣に生息し、上等な薬になるロックベアの胆嚢を求める行商人、緑の女神に祈りを捧げる巡礼者、それから、魔境と名高い霊峰タッタスと、その周辺に広がるタッタス樹海を近くから見物しにくる旅人くらいのものだ。

必要のなくなった道具は、時間とともにただ風化していくだけ。

勿論その先に足を踏み入れたとしても、特別何か、別の空間があるわけではない。

リュートは勇気を出して一歩、看板で仕切られた見えない線を越える。

瞬間、空気が確かに変わったことを、リュートだけは感じた。

それが故郷、というものなのだろう。

「当たり前だけど、ここは少しも変わってないなぁ」

村の様子を見渡し、リュートはポツリ呟いた。猫の姿のヴィヴィアンは、リュートの後をぴったりついて歩く。

昼下がりのポルトス村に入る。昨夜の、ムーンウルフの襲撃のことも、深い森を抜けたことももう、リュートはすっかり忘れてしまった。

雪深いポルトス村も、今では木陰にわずかにそれを残すだけ。今年の春はいつもより早いようだ。

雪解けの頃を待ちわびていた村の人たちは、冬の間にため込んだ暖炉の灰や、食べ物の残渣を発酵させて作った堆肥を畑にまいて鍬で耕している。

所々から、適当な場所に腰掛けてお茶を飲む姿が見える。

気心の知れたもの同士が談笑する声が聞こえてくる。

かつては気にも留めなかった物事を、今、リュートはじっくり確認しながら進んでいく。

「……帰って、きたんだな」

王都とは、まるで時間の流れが違う。

ゆっくりと動く、自分の中に刻まれた本来の時の流れに、リュートは気づかずに安堵に包まれていた。

魔法学院の暦にも、夏、冬、春と、もちろん長期の休暇があった。帰郷しようと思えば、それもできた。

しかし、落第候補のリュートは、少しでも周囲に追いつこうと、その休みも寮や王都の大図書館にこもり、魔法の練習と勉強に時間を費やすことを選んだのだ。

「あの時は確か、この看板の周りも、村の人でいっぱいだったっけ……」

リュートが王立ヴェデーレ魔法学院に出発する前の日の夜を思い出す。

この小さな村の広場は、これだけの人がどこにいたのかと驚くほどの人だかりだった。

その頃のイメージと、今のポルトスの様子が頭の中で重なり、少し寂しくなってきた。

「にゃっ!!」

そんなリュートの気持ちを察したのか、ヴィヴィアン猫が慰めるように小さく鳴く。

「慰めてくれるのか？　ありがとう、ヴィヴィアン」

ヴィヴィアンの励まし？　に微笑み、リュートはもう一度前を向き、歩みを進める。

「……にしても、手紙の一つも送ってないからなあ――」

学院からの成績通知とか、そういう事務的な手紙は、実家に送られていると聞いたことがある。

けれどこの四年間、リュートから手紙を送ったことは一度もなかった。

送らなかったのは、母クレスタが、「出ていくからには帰ってこないと思っている。精一杯やってこい！」というようなことを言っていたからだ、とリュートは思い込むようにしていた。

実際、母クレスタも何の連絡も寄越さなかった。結果だけを見ればその言葉を、お互い律義に守った、ということになる。

「おかげで勉強には集中できたけど……。結局、この有様だからな」

本当は、わざわざ手紙を書いて報告するような成果など、何もなかったからだ。

母クレスタの、決意の表情を思い出してリュートの心はどうにも鬱々とするが、それでも他に行くあてはない。村の中を俯きながらふらふらと歩く。

前を見ずに歩いていたにもかかわらず、気がつけばリュートは、忘れるはずもない建物の前に立っていた。

「ま、そりゃあここに着くよな」

見慣れた家の前で、初めての足踏み。

笑顔を作ってみたり、落ち込んだ表情をしてみたり、一言目を考えてみたりと、どうしたらいいのかが分からず、混乱する。

扉に手をかける勇気が、どうにもわいてこない。

その時だ。古びたノブがガチャリと音を立て、重厚な木の扉がきしむ音を立てながらゆっくりと開いた——

扉を開けたのは間違いない。今、この家に住んでいる唯一の人物、リュートの母、クレスタだ。

「リュート……?? え? リュートなの?」

「えっと……。ただいま。母さん」

恥ずかしそうに頬を掻くリュート。

母クレスタは、手に持った農具をその場にガチャリと落とし、勢いよくリュートに駆け寄り、間髪を入れずに飛びついた。

ダッシュの勢いが乗ったとはいえ、小柄なはずの母クレスタの体重すら、リュートは受け止めきれず、二人でその場に倒れる。

「にゃ!!」

ヴィヴィアン猫はひょいっとそれを躱し、二人の上にひょいっと乗り、勝ち誇ったように短く鳴いた。

「いってぇ……。ご、ごめん、母さん、大丈夫？」

「あんたね、私のことくらいしっかり受け止めなさいよ！」

「体は強くなったはずなんだけどな……。もしかして母さん、重くなったんじゃない？」

「バカね！　レディーに対する礼儀は教わってこなかったわけ？」

こつりと、小さく小突かれる。

視界に入るのは懐かしい青空。服を通じては湿った土の感触。ふわりと漂う、緑の香りが懐かしい。

「さあ、どうだっけ？　そんなの、帰り道に忘れたよ」

「……お帰り、リュート」

久々に見た母クレスタの顔は、リュートにとっては予想外にも、喜びの涙で崩れていた。

▽

「……ふーん。そうだったんだ。名門っていうのも、なんとも見る目がないもんだね。よりによって、あんたを放り出すなんてさ」

懐かしい家の古びたテーブルに、なじみの湯飲みが二つ並ぶ。

ヴィヴィアン猫は、リュートの家で一番高い場所、食器棚の上に飛び乗り、香箱座りですっかりなじんでいる。

リュートは顛末を、意を決して打ち明けてみたのだが、思い悩んでいた時間は一体何だったのかと思うほど、母クレスタの返事はあっさりとしたものだった。

親ばか、ということなのかもしれないが、実際、この村でのリュートへの評価は高かった。

ポルトス村の中に限って言えば、リュートは勉強もできたし、もちろん緑魔法では村一番。なぜか剣術はさっぱりだったけれど、畑仕事もよくできた。

今思えば、それもすべては『緑の女神』の加護によるものだったのだろう。

天狗になっていたのかもしれないなと、リュートが見遣ると、ヴィヴィアン猫は食器棚の上で大あくびをしていた。

「ふふっ。かわいい猫ちゃんね。リュート、この子どこから連れてきたの？　王都から？」

「!?　へ？」

不意の質問に、リュートは戸惑う。

「え、えっと……。ほら、帰り道にさ、森で拾ったんだよ」

ヴィヴィアン猫の鋭い視線を感じた。

「森で拾ったって？　本当⁇　なんだか気品があるから、てっきり王都から連れてきたと思っちゃったわ」

聞いて、ヴィヴィアン猫は嬉しそうに顎を上に向けた。

「この子、名前はなんていうの？　これだけあんたに馴れてるんだから、もう付けてあるんでしょ？」

「ん？　ああ、それはもちろん！　名前はヴィヴィ――あ、えっと、ビビ‼　そう、ビビっていうんだ」

「？　そう、ビビちゃんっていうのね。うんうん。村の守り神、ヴィヴィアン様に似た、とってもいい名前！」

「……」

思わず黙るリュート。

食器棚の上のビビからは、もう少しちゃんと考えなさいよと、ジト目で見られているようだ。

「はいビビちゃん、これどうぞ」

母クレスタは小さな器に新鮮なミルクを入れ、ビビの前にこぼさないようにゆっくりと置く。

匂いを嗅ぎ、それから少し味見したビビは、恍惚に目を閉じ、勢いよくミルクを飲み始めた。

「学院からの手紙、見てないんだ」

リュートの目に、未開封のまま山と積まれている、学院からの仰々しい封筒が見えた。

「あんなの見たって、私にはよくわからないからね」

母クレスタははっきりと言い切る。

フェリスから聞いた話では、学院の成績表は、各期末に本人に手渡されるとともに、生徒それぞれの実家にも送られるらしかった。

リュートの成績表にはもちろん赤い字が並んでいたわけだから、ひどい成績で母を心配させているのではないかと、ずっと不安だった。

しかし幸いにも、どうやらそれは杞憂であったようだ。

「あとで、全部燃やしておくよ……」

「？　わざわざそんなことしなくても……。うん、まあ、そうね。邪魔よね。いいわ、あんたの気の済むようにしなさい」

「ありがとう、母さん」

「さて、と。私はちょっと畑仕事に行ってくるわ。まだ春先だから種類はないけど、晩御飯には、村の素材で料理作るからね。ま、王都の食事には、とても敵わないでしょうけど」

「逆だって。作物は新鮮さが何より大事だろ？　魔法学院の食堂だって、ここで食べた以上のものなんてなかったよ」

「え？　そうなの⁇」

「ヴェデーレ魔法学院には、国中のモノとか優秀な人材が集まってくるからさ。素材も、料理人も一級品……なんだって」

「だったら――」

「……それでも、時間は買えないんだよなぁ」

　呟き、リュートはテーブルの上の果実を夢中で頬張った。冬から春先にかけて旬を迎える、真っ赤に熟したポルトス特産の蜜リーンゴだ。

　シャリっと、とれたて独特のみずみずしい食感。甘みと酸味がバランスよく、瞬時に口いっぱいに広がる。

　やはり、蜜リーンゴは新鮮さこそ美味だ。

「大体さ、すっかり乾いているんだよ。王都の蜜リーンゴは」

「あら、乾燥したリーンゴもおいしいじゃない？」

「ドライリーンゴをちゃんと作ったら、そうだろうけど……王都のリーンゴはどれも、ただ古いだけ。特に今は、魔物のせいでちゃんとした食べ物が入ってこないんだ」

「ゲートね。こんな田舎にも、噂くらいは流れてくるわ」

「魔法使いはまだましだけど、騎士団の食事なんて、大体は乾燥した肉とか、しなびた野菜ばっかりなんだってさ」

食べ物は魔法を使用するためのマナの素だ。栄養価の高い新鮮な食べ物は、魔法軍や魔法学院へと優先的に回される。

「わかった！　きっとそのせいね！　あんたの調子が出なかったのは」

パンと手を叩いて、うんうんと頷き、納得した表情になる母クレスタ。

その姿にやっぱり親ばかだな、とリュートは思わず苦笑する。

「畑、俺も行くよ。随分久しぶりだけど、何か手伝えることがあるだろうから」

ぐいっと、湯飲みに残ったお茶を飲み干し、その場に立ち上がった。

リュートも幼少期は父の、農作業の手伝いを良くしていた。少しは役に立てるという自信もある。

「春は力仕事が多いから、それは助かるけど……。少しはゆっくりしたらいいんじゃない？

長旅だったんでしょ？」

「ありがとう。でも、何かしていないと、落ち着かないんだって。ほら俺、国お抱えの魔法使いになれなかったんだからさ」

両肩を軽くあげ、リュートは少し、おどけてみせた。

「……結局この四年間、俺は何もしていなかったって、そういうことなんだよ」

「そういうものかしら？　私は無駄なことなんて、きっとないと思うけどね」

「……」

「まあいいわ、あんたが言うならそうなんでしょ」

これ以上聞くつもりはない、と、母は優しく微笑んだ。

「それならほら、早く着替えなさい。そんなきれいな格好で、農作業なんてできないでしょ」

母クレスタがパンパン、と、リュートの背中を小さな掌で小さく叩いた。

「部屋は、そのままにしてあるわ。それから、その棚の中。ほら、あのおとこ……父さんの作業着がしまってあるから……。きっと、ぴったりよ」

言葉尻が弱くなっていく。

「え？　母さん、今なんて？」

「何でもないわ。ほら、先に行っておくからね」

レイアウトはそのまま、置いていった物もそのままの部屋。

けれど、埃一つない、リュートが住んでいた頃よりもむしろきれいに保たれているほどだ。

リュートは宿屋のようにきっちりと整えられたベッドの上に魔法学院の制服と、羽織った上等なローブを雑に脱ぎ捨てた。

そして、父のお古の作業着に着替え、足早に畑へと向かう。

母の言ったとおりに、その作業着は、奇妙なくらいリュートの体になじんだ。

# 第三章 「畑の再生ともう一人の幼なじみ」

「はぁぁ……。つっかれたぁ――」

遙か遠く、大陸の最高峰である霊峰タッタスの背に、日が沈みかけた頃。リュートは久々の農作業を終えた。

茜色の空の下、リュートがどかっと岩の椅子に腰掛け、隣に鍬を立てかけると、すかさず膝にビビがひょいっと飛び乗ってくる。

「いたたた……。ビビ、ちょっと勘弁してくれよ」

「にゃ？」

春の農作業は特に過酷だ。

夏に収穫する野菜を植える準備を、一斉に行わなければならない。

広大な畑を耕し、土を柔らかくする。そこに、冬の間に発酵させた牛糞や、食物残渣で作った堆肥、秋に刈り取っておいた藁などの緑肥を鋤き込んで土を作っていく。

起こす、撒く、また起こす。ひたすらこれの繰り返しだ。

雪と、霜と、それから日照りとが繰り返され、固く締まった土を起こすことは、並大抵の労働ではない。

久々に振るう鍬に、この調子では明日は筋肉痛だな。と、リュートは確信していた。

「痛っ！　だからヴィヴィアン、痛いって!!」

甘えて太ももを踏むビビの、その柔らかい肉球ですら、もうすでに痛い。ビビは一生懸命に体重をかけて、マッサージをしてくれているつもりなのだろうが。

魔法使いにも基礎体力は大切だ。学院でも日常的に体を鍛えてはいた。それでも農作業と魔法では、使う体の箇所が全くといっていいほど異なるらしい。

「お疲れさま、リュート。今日はこれからどうするの？　久しぶりなんだからミーアちゃんのところにでも顔を出してきたら??」

「ミーアかぁ。四年ぶりだな」

「ミーアちゃんったら、ずっとあんたに会いたがっていたのよ」

リュートの隣に腰掛けた母クレスタがぐりぐりと、肘をリュートの脇腹あたりに押しつける。

「痛い！　痛いって!!　うーん……。俺も、もちろんミーアには会いたいんだけど……」

「だけど？　愛しの幼なじみよりも大事なことがあるんだ??　ミーアちゃん、とっても綺麗(れい)になったのよ？」

「い、愛しの⁉　だから、ミーアとはそういうのじゃないんだって。……でも俺、ちょっと父さんの畑を見に行ってくるよ」

「え⁉　あのおと――っと、父さんの？　あんなところ行ってどうするの？　あそこはもう、何も作れたものじゃないわよ！」

　ムーンウルフの一斉攻撃(いっせいこうげき)に死を覚悟(かくご)した瞬間、真っ先に思い出したシチューの、その作り手である幼なじみのミーア。彼女(かのじょ)のことは、もちろん気になっていた。

けれど、今リュートの興味は何より、突如失踪(とつじょしっそう)した父が残した畑にこそあった。

「出費が増えるんだから、俺も少しは稼(かせ)がないといけないだろ？」

　リュートは腰掛けた岩から勢いよく立ち上がり、ぱんぱんと、ズボンについた砂を払(はら)う。

「はぁ……。誰(だれ)に似たんだか。相変わらず真面目ね、あんたは。たった一人の家族なんだから、そんなこと、あまり気にしなくてもいいんだけどね？」

「ありがとう。……でもまあ、意地っていうか何ていうか、さ」

「……ふぅん。じゃあ、私も行くわ。あい――あの人にも、リュートが帰ってきたって、報告しないと」

「報告⁉　父さんって、まだ死んだって決まったわけじゃ――」

「知らない！」

母クレスタはぷいっとそっぽを向いた。父の話になると、いつもこうなのだ。

友達との遊びに、農作業の手伝い、幼い頃に何度も歩いた道を歩く。

まだ土の中で力を溜め、面影すらないが、夏になればこの道の両脇には、大人でも見上げるほどに背丈を伸ばした、大輪のヒマーリリーが咲き乱れる。そんな様子を想像すると、ふと、リュートの脳裏には、フェリスのわずかに潤んだ瞳が浮かんだ。

緑魔法を使って国を支える方法。

激しさを増すゲートの魔物との戦い。これからさらに前線に立つ機会の増えるフェリスや友人たちを支える方法がないだろうか。と、落第を言い渡されるずっと前から実は、リュートは考えていた。

「国を支える方法は、一つだけじゃない」と、別れの日にリュートがフェリスに言った言葉は、強がりでも、負け惜しみでもなかった。

▽

「ひどいものでしょ。あのお——あの人がいなくなってから、ずっとそのまま。あんまり放っておくと、いいことも言われないんだけど。それでも、ここに来る気も、何か作る気もとても、起こらなくってね……」

荒れ果てた「畑」を前に、不機嫌そうに母クレスタが言った。

父が残した土地、リュートの家に代々伝わるその土地は、視界を遮る物が木々しかないポルトス村にあってなお、視界一面に広がるほどに広大だ。

かつては村一番の収穫量を誇っていたこの「畑」。穫れる野菜の味はまた、王都からの行商人が競って買い求めるほど好評だった。

母クレスタにはとても言えないが、リュートにとっては今でも自慢の父であり、誇りである農地。

しかし、耕作放棄された今では、その頃の面影はすっかりなくなっている。

枯れた雑草の上に雑草が生えて重なり、さらに悪いことに、その中には除去することが厄介なツタや、雑木さえも混ざる。

「ここはいつも賑やかだったよなぁ。大勢で農業やっててさ」

「そうね。一番多いときは何人くらいいたかしら？　毎日楽しかったわ。ふふふ。リュート知ってる？　あの人ったら——」

語る母クレスタの頬(ほお)が緩(ゆる)んだ事を、リュートは見逃(みのが)さない。

「!!　いやいや、私ったら何を……。いい思い出なんか、もう残ってないわよ!!　ここの後始末、本当に大変だったんだからね！」

ポロリとこぼれた本音。我に返ってごまかしてはみても、毎日父の帰りを待っていることをリュートは知っている。

「あの頃はよくわかってなかったけど、いつもここに来ると大人が遊んでくれてさ……俺も、楽しかった」

「……まあ、それは、そうかもね」

遥か昔から問題となってはいたが、十年ほど前から明らかに、魔物を生み出す「門(ゲート)」の発生頻度は高くなり、魔物の凶暴さも増した。ちょうどその頃だ。リュートの父が、大事に育てていた作物を放棄して、突然(とつぜん)姿を消したのは。

それに端(たん)を発した国全体の経済困難。反対に、軍人や傭兵(ようへい)、冒険者(ぼうけんしゃ)などの、立身出世や一攫千金(いっかくせんきん)のチャンスも広がった。

今もなお出稼(でかせ)ぎや、名声を追ってなど、村から王都にでる若者が後を絶たない。

「俺も、父さんのことは言えないからなぁ」

母クレスタとビビをちらりと見て、リュートはぽつり呟いた。かつてのリュートも、その中の一人だ。

農業は、そんな今でこそ必要とされている職業なのにもかかわらず、担い手不足は深刻だ。

そういうわけで、こういった耕作放棄地は、農業の盛んなポルトス村にさえ、ごまんとある。

春からの農繁期は、容赦なく成長する作物の管理に忙しい。それに、冬は深い雪に埋れてしまうので、農地の再生に取り掛かる時間は作れない。

一度荒れてしまった畑を再生することは、実際、不可能に近かった。

「ほらリュート。もうわかったでしょ？　ここはもう、使い物にならないって――」

「……ヴィヴィアン、いける？」

足下にぴったりと寄り添うビビに、リュートはこそっと尋ねた。

小さく鳴いた後、リュートの足に頬ずりするヴィヴィアン。

同化の儀式は何もキスである必要はないらしい。光すら過剰な演出だったのかもしれない。何とも静かに、すうっと、ヴィヴィアンはリュートの中に入っていく。

緑のマナが際限なくあふれ出してくる。さらに森の奥に入ったからか、それはムーンウルフ襲撃の夜よりも、さらに潤沢に感じた。

「母さん。ちょっと離れておいて。……えっと、暑くなると思うから」

「え？　暑くなるって？　もう日も落ちたんだから――」

畑を見つめるリュートの真剣なまなざしに、母クレスタは小さくこくりと頷いた。

「ほら、ビビちゃんも行くよ！　……って、あれ？　ビビちゃんどこ行ったの？」

「えっと……ほら、ビビは怖がりだからさ。真っ先に逃げていったみたいだよ」

「そうなの？　じゃあ私、あっちで待ってるから。終わったら呼んでね」

そう言って、母クレスタは小走りで去っていった。


『ほんっと、リュートって一言多いよね？』

「ご、ごめん。母さんがいつも突然なんだって」

『……でもでもリュート、あんなこと言ってたけど、どうするつもり？　緑魔法じゃ草を枯らすことなんてできないよ？』

「ああ。それはわかってる」

緑のマナは生命の源。養分を与えることはできても、植物の力を奪う術はない。

「ヴィヴィアンさ、森で俺には緑以外の魔法も使えるって言ってたろ？」

『うん！　間違い無いよ。リュートの緑のマナの上に今も、小さいけど他の四色のマナを全部感じるの。確かあの時は、黒のマナも使ってたよねー……。『生ける森』だったかな？』

「俺、あの時は夢中だったから、全然覚えてないんだよ」

『私も初めて見た魔法だったけど……。植物を自立させることは、緑魔法だけじゃできないの。リュートも知ってるでしょうけど』

「——それだったら、こういうこともできるかな、と思って」

莫大（ばくだい）な緑のマナをベースに、リュートは緑魔法のマナを「畑」一面に広げる。マナを共有することで、植物の組成すら掌握（しょうあく）する。

植物とのリンクは、緑魔法の基礎だ。

「このまま赤魔法を使ってみる。……まともに使えたことなんてないけど」

集中。ゆっくりと術式を刻み、リュートは学院で学んだ初歩の赤魔法『火風（ファイア＝ウインド）』との混和を試みた。

マナで繋（つな）がった「畑」の雑草にゆっくりと熱を加え、地上部だけを灼（や）いていく。

草木には水分がたっぷり含（ふく）まれているから、炎（ほのお）を上げて燃えることはそうそうない。

なにより初春の乾燥した空気の中、炎を上げてしまっては山火事の原因となってしまう。

慎重（しんちょう）に、ギリギリのところで赤の魔法をコントロールする。

『今度は赤魔法との混色魔法かぁ……。術式は完璧（かんぺき）、マナの制御（せいぎょ）も上手——』

芽吹き始めたばかりのものや、越冬した多年生の植物からも、その水分を奪っていく。

やがて、一帯の雑草は、黒くなって完全に枯れ果てた。

残渣も少しは残っているが、大部分は大気に還ったようだ。

根は深く残っているので、耕起するのはやはり困難だろうが、それでも格段に、畑を再生することは簡単になるだろう。


「ど、どど、どうしたの、コレ⁉」

安全になったと、リュートの合図で元の場所に戻ってきた母クレスタは、驚きで口をあんぐりさせている。

「あれだけの草をとろうと思ったら、何ヶ月もかかるっていうのに……。これって、あんたの魔法なの？」

時間を巻き戻したかのように変貌した畑の姿に、母クレスタはさらに、目を白黒させた。

「……うん、そう。学院で教わってきた魔法だよ」

嘘をつく。ポルトス村を離れた四年間で何かを得てきたと思いたい。そう思わせたい。

「……あの人がいた頃みたいに、できるかしら？」

広大な土地を前に、涙を夕日に輝かせ、母クレスタが呟いた。

「できるって！　俺も帰ってきたんだからさ！　これでも俺、父さんに昔、農業のことい
ろいろ教わったんだ。それに……約束、してきたから」
リュートの脳裏には、再びフェリスの顔が浮かんでいた。もっとも、何も約束を交わし
たわけではない。
それはいわば、リュートの中での、誓いのようなものだ。
「ふふ、期待してるわよ。それにしても何なの、約束って？　ミーアちゃんを差し置いて、
王都に彼女でもできたっていうんじゃないでしょうね？　あんたって、意外とスミにおけ
ないんだからー」
「ちち、違うって！　そういうのじゃないから……。ビビも、睨むなよ――」
草が枯れる独特の焦げ臭い匂いに包まれて、リュートは新たな生活に胸を躍らせていた。

▽

「あー！　ほんとにいた、リュートだ!!　リュートぉー!!」

二人と一匹が父の畑を後にしようとした頃。日は山に隠れ、辺りは暗くなり始めている。

遠くから懐かしい声が聞こえると、リュートの体が思わずビクンと跳ねた。

「あ、噂をすれば……。ね、リュート？」

母クレスタが言うまでもない。

まだ遠いうえ、辺りはもう随分暗くなっているので顔こそ見えないが、その雰囲気と声でわかる。彼女のことを、リュートが間違えるはずもない。

大きく手を振る人影は、幼なじみのミーアだ。

元気いっぱい、そのままの勢いで農道を全速で駆ける。そんなミーアの姿が、みるみる近づいてきた。

「お帰り、リュート！」

両手でリュートの手を掴み、ぶんぶんと大きく上下に振る。それから、嬉々として小さく跳ねるミーア。

「ああ、ただい――」

「歓迎会、しなきゃだね！　何作ろっかなー……」

本当に、田舎の噂は早い。

母クレスタとは一緒にいたのだから、噂の出どころではないはずだ。

目立つ格好をして、暗い雰囲気で歩いていたのだから、きっと誰かの目に留まったのだと、リュートは一人、納得する。

「みんなでわいわい食べられるものがいいなー。まだ寒いからワイルドボアの味噌鍋かな、ロックベアの肉で甘辛焼きとか……。冬越しの村の野菜でシチューもいいかな――」

頬に人差し指を当て、ミーアは歓迎会を彩るメニューについて考えているようだ。

料理が得意のミーアの作る料理はどれも間違いない。

中でも、ポルトスで採れた素材をふんだんに使った、シチューは絶品だ。学院に在籍中、望郷と共に、何度その味を思い出したかわからない。

「シチュー……」

誰にも聞こえないようにぽつりと呟くリュート。

四年ぶりの再会で、いきなり献立をリクエストをするのも気恥ずかしく思えて、リュートは黙っていたけれど、「シチュー」という単語に内心、心をときめかせていた。

母クレスタの料理も確かにうまい。しかし、リュートにとっては、ミーアのシチューこそが、故郷の特別な味、ということなのだ。

「ほんと、可愛げのない子ね？」

リュートの心の声が聞こえたのだろうか。母クレスタはリュートを小突き、憮然としている。

もちろん、本心ではない。それどころか、どこか喜んでいるようにさえ見えた。

「今度の農休み、えっと……あさっての夜ね!!　いい、リュート。広場に来てね！　みんなにも声、かけておくから！」

問答無用とばかりにリュートに伝え、手を振り、また駆けて去っていくミーア。後ろ姿が月明かりに映える。

四年の間に、随分綺麗になったものだと、片手をあげたまま呆けるリュートの脛に、ビビは思い切り噛みつくのだった——

# 第四章 「不機嫌な女神様と思い出の赤い果実」

翌日、早朝から一通りの農作業を終え、リュートとビビは、村の外れの森の中を、霊峰タッタスの方向へと歩いていた。

「……っと。ヴィヴィアン、もう大丈夫だよ」

きょろきょろと、あたりを確認したリュートはビビにそう促す。

言い終わるとすぐに、ビビはまばゆい光を纏い、そこから金髪の少女が現れた。人の姿、ヴィヴィアンだ。

心なしか少し、現れたヴィヴィアンが不機嫌な表情をしているように、リュートには見えた。

「何よ！　リュートったら、あんな田舎娘なんかに鼻の下伸ばしちゃって！」

「な、何言っているんだよ。何度か話したことあったろ？　ミーアとは幼なじみなんだよ！　だから、鼻の下伸ばすなんてことは……。そ、そうだ！　久しぶりに会ったからだって!!　なんて言ったって、四年ぶりだよ？」

「へぇー……。なんだか変な間があったみたいだけど？」

「えっと……ほら、何だ。感慨（かんがい）に耽（ふけ）ってた、とかいうやつだよ」

いつか聞いたことのある、それっぽい言葉でリュートはなぜか、場を取り繕（つくろ）おうとする。

「それに、本当にミーアの料理は絶品なんだって。今度頼（たの）んでビビの食事も作ってもらうからさ」

「ふーん。どうなんだか……。ま、料理は楽しみにしておくけど。餌（えさ）みたいなやつじゃなくて、ちゃんとしたものを作ってくれるなら……ね」

「わ、わかったよ。ミーアにはちゃんと伝えておく」

食事の話を持ち出すと、明らかに、ヴィヴィアンの表情が緩んだ。

昨夜は与えられたペット用の食事を前に全く口をつけず、窓から飛び出していったのだから、不満は相当なものだったのだろう。

「猫（ねこ）の姿なんだから、しょうがないと思うんだけどなぁ」

「リュート、何か言った？　どうして私があんなカッコを――」

「と、ところでヴィヴィアン、どうして猫耳（ねこみみ）、そのままなの？　もう誰もいないから、大丈夫（だいじょうぶ）だと思うけど」

話題を完全に転換（てんかん）しようと、リュートは試みる。

「これ？　かわいいでしょ？　今まで猫になってみたことなかったから、わからなかったんだけど、この耳ってね、すっごく便利なの！」

言って、ヴィヴィアンは猫耳をいろいろな方向に動かしてみせた。

猫の耳は聴覚が優れるだけではなく、バランス感覚の向上にも一役買っているらしい。

森の中では、非常に便利なのだろう。

「うん。とっても似合ってるよヴィヴィアン」

「でしょでしょー？　へへへっ、リュートに褒められちゃった！　嬉しい‼」

その猫耳を外側に向けて喜ぶヴィヴィアン。

なんとかヴィヴィアンの気分を変えられたと、リュートはほっと胸をなで下ろした。

▽

やがて二人は、ポルトス森林の奥深く、タッタス樹海と呼ばれるエリアに足を踏み入れた。

そこは、かつて意図せず迷い込んでしまったリュート少年と、『緑の女神』ヴィヴィアンとが出会った場所。

大陸の最高峰、霊峰タッタスの裾野に広がるこの樹海は、旅人はもちろん、ポルトス村の人でさえ誰も近づけない領域だ。

村には、霊峰に住むといわれる『緑の女神』ヴィヴィアンの神話とともに、樹海に住む緑の魔女の童話がある。

森に入ると魔女に食べられるとか、魔物に変えられてしまうとか、子ども向けの、そういう、ありきたりな物語。

ポルトス村の住人であれば老若男女、誰でも知っている、実にわかりやすい禁忌。

「ほんっとひどいよねー。そんなこと、森はしないのに……。それに、魔女って誰よ！みんなもっと気軽に樹海に遊びに来てくれたらいいのに、ね？」

「……ただの作り話だよ。樹海に入ったら、まず無事には帰れないから、絶対に近づくなっていうね」

ヴィヴィアンはそう言うが、もちろん、それが無意味なおとぎ噺ではないことを、村人たちは皆、知っている。

かつてその強力な魔獣の素材を目当てに、『猛者』と呼ばれる当時最高の冒険者パーティーが樹海に挑んだことがあった。

『猛者』は、国を脅かす強力なドラゴンを討伐し、神話に伝わる古代遺跡を発見、さらには魔法の体系を確立したり、新薬を次々と開発したり。果ては、謎（なぞ）深い混色魔法の原理を解明するなど、数々の功績を立てた、誰の目にも明らかな実力者パーティーだった。

　そんな彼（かれ）らにかかれば、人類初のタッタス樹海の探索（たんさく）ですら、必ず成功するものだと、誰もが信じて疑わなかった。

　しかし、現実は違（ちが）った。真偽（しんぎ）はともかく、タッタス樹海に挑んで生還（せいかん）できたのは、ぼろぼろになったパーティーリーダーの男性のみだと言われている。

　もちろん戦利品などは、何も持たず、という話だ。

　樹海に踏み入れてわずか数分。あっという間のことだったという。

　そんな彼でさえ、樹海で味わった余りの恐怖（きょうふ）に、そのまま冒険者を引退してしまったと、噂されている。

　実際、その後、当のパーティーの話を聞いた者はいない。もう二十年以上も前の話だ。

「ここ（タッタス樹海）に来るとさ、どっちに向いてるかとか、進んでいるとか、ほんと全然わからなくなるんだよな。マナの制御だってほとんどできなくなるし……」

　それも、大袈裟（おおげさ）ではなく、一歩進めば同じ場所に戻れなくなる程（ほど）に。

　タッタス樹海に渦巻（うずま）く無秩序（むちつじょ）で強烈（きょうれつ）なマナ渦（うず）の影響（えいきょう）で、金属の剣（けん）はまともにふるえない。

　マナは乱され、魔法はおろか、本来、魔法を使える者なら息をするほど自然にできる、マナの係留すらできない。

さらに、樹海の魔力で変異した凶暴な魔獣も出現するときた。

身体、精神、マナの全てが乱される場所。ここはまさしく、全てを拒む樹海。

そんな中でもリュートが問題なく行動できているのは、もちろん『緑の女神』ヴィヴィアンの加護によるものだ。

▽

「うーん……。たしか、この辺りで食べたと思ったんだけどな」

記憶を頼りにリュートは、ずっと足元を見ながら、そんな樹海を進んでいる。

「ところでリュート、さっきから何を探してるの？」

「いや、小さい時にさ、一緒に食べたことがあるだろ？　真っ赤で大きな、丸い実で。食べるとさ、こう、果汁がブワーって広がって」

ヴィヴィアンと出会ってから、リュートはタッタス樹海によく訪れた。

森を駆け回り、珍しい虫や動物を追いかけたりすることはもちろん、沢で遊んだり、手作りの竿で釣りをしたりして遊びまわった。

ヴィヴィアンは何よりかくれんぼが好きだったので、よくその相手もした。樹海で本気を出した『緑の女神』を見つけられるはずもないというのに。

ヴィヴィアンはなぜか、見つけてもらうということに、ただならない喜びを感じていたようだ。

そんな風に夢中で遊んでいるとお腹が空いたので、少年リュートは一通り、食べられそうなものを口に含んでみたりもした。

樹海には毒を持つものが多いから、ヴィヴィアンにはしょっちゅう解毒の魔法をかけてもらったものだ。

それでもたまに当たる美味に、リュートとヴィヴィアンが挑戦をやめることはなかった。

「真っ赤で丸い……かぁ。うーん……、もしかしてそれ、トマーテのことじゃない？」

「トマーテ？」

トマーテ、という名称をリュートは初めて聞いた。

特徴的な果実だったから、おそらくリュートが想像しているものと、ヴィヴィアンが考えているものは一致しているはずだ。

「うーん……でもでも、もしそうだったとしても、今は季節がちょっと早いんじゃない？」

頬に人差し指を当て、ヴィヴィアンは首をかしげる。

「そうだなぁ。トマーテだっけ？　あれはよく、夏頃に食べたよな。だから今は実は手に入らないだろうけど。……でも、今回はそのほうがいいんだよ」

「いいって？　食べられないのに⁇　ねえリュート、だったら食べられるものを探そうよー……。他にもいろいろあったでしょ？」

「大丈夫、きっといつでも好きなだけ食べられるようになるから」

ヴィヴィアンはお腹を鳴らし、不思議そうにしていた。

▽

「お、いたいた。樹海の番人――」

地面で目的のものを探すことを諦め、リュートはある魔物を探していた。

リュートの目線の先では、茂みの中を巨大なロックベアがのそのそと歩いている。

ロックベア自体は、普通の森でも出現する魔物だ。その名前の通り、がっしりとした体躯に、鋭く伸びた灰色の毛皮に全身を覆われている。

樹海の外のロックベアもその特徴は同じで、十分に大きく、毛皮は岩のように固い。

しかし、この樹海の魔力を受けて変異しており、体も、樹海の外で見かけるロックベアの数倍ある。毛の硬さも比較にならないほどで、どれだけ鍛えた鋼鉄の剣ですら簡単にへし折ってしまうほどだ。

さらに、その性格も違っている。草食で争いを好まない通常個体とは異なり、樹海のロックベアは非常に好戦的だ。

「ほらヴィヴィアン、あそこだよ。ロックベアのフンがある」

「フンって……リュート、大丈夫？　王都でよっぽど変なもの食べてきたのね……」

ヴィヴィアンが哀れむような目でリュートを見る。うるうると、涙さえも浮かんでいるように見えた。

「ちち、違うって、そうじゃなくって――」

両手を振り、懸命に否定するリュート。

「ほら、ロックベアって、トマーテの実が大好きだろ？　ほら、何度も先を越されたじゃないか」

「ほんと！　許せないよね！　魔法で吐き出させてやろうかって、何回も思ったわよ」

「あの時のヴィヴィアン、止めるの大変だったんだからな……。まあ、それはいいんだけど――」

思い出してぷんぷんと、両手を腰に当てて怒るヴィヴィアンを見て、リュートの口元は緩む。

「樹海のロックベアはトマーテの実をたくさん食べて冬眠するみたいなんだ。これくらいの季節に、フンから芽が出ているのを見たことがあるから、間違いないと思う」

「フンから芽？　そんなのどうするのよ⁇　やっぱりリュート――」

相変わらずフンの話を続けるリュートから、両手を口に当てるヴィヴィアンは一歩二歩と後ずさりし、距離を取った。

「……実だと、持って帰るのは大変だろ？　トマーテの実は大きいし、重いから。それに、俺にしか来られないところで、夏に実だけを持って帰ったって、トマーテを食べられる人数はたかが知れてる――」

「うんうん。どうせだったら、お腹いーっぱい食べたいよね！」

「だから、トマーテの種とか、生まれたばかりの芽を持って帰って、ポルトスで栽培するんだ」

リュートは、持ってきた竹のトレーを取り出して、それをヴィヴィアンに自慢げに見せた。

「これに、容れてさ――」

父に教わった、種の芽出しをするための容れ物。

実はその時に食べてしまうと無くなるけれど、種や芽は、いくらでも増やすことができる。これはかつて、父に教わったことだ。

小さい頃はまどろっこしいなぁ、なんてリュートは思っていたけれど、今となっては、その価値がよくわかる。

「じゃあ、いつでも好きなだけトマーテが食べられるってこと？　それって、なんだかすごいね！」

「それに、トマーテはマナを溜め込むみたいだからさ。ちょうどいいんだよ」

空腹を満たすことは勿論、トマーテの実を食べると、実に溜め込まれたマナを体に取り込むことができる。

緑魔法を使って遊んで、くたくたになって倒れ込んだ時に、トマーテの実を食べると、心も体も満たされた。

トマーテをポルトスで量産することができれば、魔法軍を支えることができるのではないかと、リュートは考えたのだ。

▽

「よし、今だ！」

寝ぼけ眼のロックベアは、近くの食糧を探しに向かうのだろうか。のそのそとその場から立ち去っていった。

タイミングを見計らって近づき、竹の容器にトマーテの芽が顔を出しているロックベアのフンを、周りの土ごと取って容れる。

わずかな根を切ってしまわないように慎重に、なおかつロックベアが戻る前に終わらせるために、急ぎながら。

「──っと。これくらいでいいかな」

十分な芽を集め終え、立ち上がろうとした時、リュートの視界が急に暗くなった。

「ねえリュート……後ろ──」

「ああ、ちょっとまずいな」

恐る恐る振り返ると、ロックベアの、その名の由来でもある岩のような剛毛が、超拡大されて目に飛び込んでくる。

夢中で作業をしている間に、背後への接近を許してしまったようだ。

冬眠から覚めたばかりのロックベアは輪をかけて凶暴だ。寝起きの不機嫌のまま、侵入者に襲いかかった。

『木々の守り(ウッド=ブロック)』

振り下ろされたその爪を、緑魔法で木の盾を瞬時に生成してガード。

タッタス樹海では、その豊富なマナでヴィヴィアンとリュートの同化もスムーズだ。多少距離が離れていても、同化は可能。悠長に同化の儀式(ヴィヴィアンのキス)をうけている暇もない。

『もう、味気ないわね！　リュートには情感っていうものが――』

「それ、よく言われる……。って、言ってる場合じゃないだろ！」

『それにしてもすごいよねー。リュートのマナ器って、全然底が見えないの。この四年間で、ずっと深くなったみたいだし――』

「言われても、実感ないって！　――っと!!」

今度はロックベアがその巨大な体躯で突進してくる。リュートは地面にマナを送り、足場を固めてしっかりと受け止めた。

『フゥー……フゥー』

冬眠から覚めた直後の運動。予想外の強者との遭遇にロックベアの息も荒い。

樹海でグチャグチャに破壊されたと言われる『猛者』の盾が戒めとして村には飾ってあるが、リュートの緑魔法で作った盾は、びくともしない。

身体強化の魔法をかけてバックステップ。たった一歩でロックベアとの間に十分な距離を取ることができた。

マナを纏うだけの、単純な身体強化はマナ量に比例して効果が増す。


『葉刃』


敵が眼前から消えて戸惑うロックベアの隙をつき、落ち葉を魔力で研磨して、射出。

流石に樹海でのマナは桁が違う。巨大な葉のナイフが一閃。

『猛者』のリーダーが振るう名高い業物ですら、粉々に砕いたと言われる剛毛の鎧もまるで存在しないかのようだ――

一枚の葉は、何の抵抗も許さずロックベアの首を切り落とした。

▽

絶命し、横たわるロックベア。

リュートはかつて父に教わったように、手際よく皮をはぎ、血を抜く。

毛皮は冬の厳しいポルトス村では重宝されるし、ロックベアの胆嚢は薬になる。爪や牙には、樹海特有の強力な魔力が蓄えられているようだ。

持って帰れば、良い杖や道具が作れるかもしれない。

「でもさぁ、リュート。リュートって、狩りになったら容赦ないよね？　この前のムーンウルフの時とは大違い……」

「ん？　それはそれ、これはこれ、だよ？　生きていくためには必要なことだし、ちゃんと全部大切に使うから――」

言いながらも、リュートは華麗にナイフを動かしていく。

「今日はお肉だね！　私のぶんも、ちゃんと残しておいてよ」

「ヴィヴィアンの事、覚えていたらね」

「……もう、リュートの意地悪！」

本来ならこれだけの巨体を一人で全て持ち帰ることは不可能だ。ヴィヴィアンは力仕事の一切を瞬時に拒否するので頼れない。

リュートは近くの葉に、緑のマナを注いで巨大なものへと変え、ロックベアの、すべての部位をそれにくるむ。そして、強化した蔦を編み上げたロープでしっかりと縛って肩に掛けると、その先端をしっかり握った。

膨大なマナでの身体強化を施せば、ポルトス村まで引きずって帰ることは、十分に可能だ。

そうこうしているうちに日が傾いてきた。

目的のものと、お土産までを手に入れて、リュート達は村へと急いだ。

# 第五章 「緑魔法の真価と巨大なトマーテ」

樹海から帰るとリュートはすぐに、解体したままのロックベア丸々一頭を、母クレスタに委ねた。その、あまりの大きさに一瞬驚きはしたものの、久しぶりに見る新鮮な狩猟肉に腕が鳴るのだろう、燃えるような目をしていたことを、リュートは見逃さなかった。

母クレスタの包丁捌きをもってすれば、今夜は村中の食卓に熊肉が並び、さながら熊肉祭りになることは間違いない。そんな豪華な夕餉に思いを馳せながら、リュートとヴィヴィアンは、もう一つの戦利品を大事に腕に抱え、父の畑へとやってきた。

「……さてと、早速取り掛かるか」

リュートは、樹海で採集してきたトマーテの幼苗を畑の土の上に並べていく。

ビビは少し疲れたのだろうか、岩の上で丸くなり、すやすやと寝息をたてて眠っている。

「株間は……。まあ、とりあえずこれくらいでいいかな?」

リュートは夏の、実がなった状態での、トマーテの姿を思い出しながら、栽培計画を考えることにした。

とはいえ、小さい頃の、世界中の何もかもが大きく見えた頃の記憶だから、サイズの感覚は曖昧だ。

余裕を持って大股で五歩。小さな芽にはあまりあるほどの間隔を空けて、植え付けていく。

◆ ◆ ◆

「いいか、リュート。苗を植える間隔はとても大切なんだぞ。間隔が短すぎると風通しが悪くなったり、根を広げられなかったりして、作物同士が喧嘩しちまう」

「けんか？　野菜さんが⁇」

「そうさ。葉っぱが重なり合ったり、見えないところじゃ、根っこが陣地の奪い合いなんかをおっぱじめてだな」

「……けんかをするとどうなっちゃうの？」

「ああ。みんな小さくなるか、病気になっちまうんだ。そうなったら――」

「じゃあもっと、もーっと遠くに植えれば野菜さんも喜ぶんだね！　よーし‼」

苗を手に大事に抱え、駆けだす構えを取る少年リュート。

「ちょ⁉　待て待てリュート！　そうはいっても、広げすぎてもダメなんだ」

「え？　どうして？　お父さんさっきいったでしょ？　それに、僕、野菜さん達にけんかしてほしくないよ」

「はっはっは。何でってそりゃあお前、穫れる野菜の量が減っちまうだろ？　そうだな……あんまり離れると、野菜達もきっと寂しいのさ」

「うん！　わかった！」

◆◆◆

農作業をしていると、リュートはよく父とのやりとりを思い出す。知らずの間に知識や技術が継承されていた、というわけだ。

樹海に持ち込んだ竹製の容器一杯に、可能な限り持ち帰ったとはいえ、畑の広大さと比べてみるとトマーテの幼苗はわずかな数しかない。

夏から秋までに成る実から、すべて種を採ったとしてもさほど多くすることはできないだろう。何より、時間がかかりすぎてしまう。

魔物を生み出すゲートがあちらこちらで開いている現状、王国軍はすでに疲弊している。

何より、ゲート発生の頻度はますます高くなっている。

年ごとに、少しずつ流通量を増やしていくなどと、悠長なことを言ってもいられない。

いかに巨大な樹海産の野菜といっても、魔法軍や騎士団の規模、王都の人口を考えるなら、この程度の苗からとれる実くらいでは、焼け石に水だ。

リュートには、トマーテの量産を短期間で叶えるための考えがあった。


それはやはり、ローカル最強、緑魔法の活用――


「あのさ、ヴィヴィアン、眠っているとこ悪いんだけど……」

「ふぁ……。うにゃ？　リュート⁇　おはよぉ。ふぁーぁぁ、よくにゃたぁ～……」

人の姿になったヴィヴィアンはまだ寝ぼけているのか、猫の動作でぐいっと両腕と両足をそれぞれ伸ばした。

「おはよう、ヴィヴィアン。ちょっと頼みが――」

「うん！　眠っていたからなんだかよくわからないけど、もちろんオッケーだよ！　リュートの頼みなら、何でもやっちゃう！」

寝起きの、とろりとした眼のヴィヴィアンが、フラつきながらリュートに近づく。

「ほらほらリュート、あっち向いてて！」

「え!?　もしかして、アレ、やるの？」

きょろきょろと、リュートはあたりを確認する。

当然というか、この忘れられた畑に近づいてくる人影はないようだ。

「もっちろん！　やっぱり儀式(アレ)はやらないとね」

「やってもやらなくても、何にも変わらなかったじゃないか……」

樹海での、ロックベア戦を思い出す。あの時は儀式なしの、さらに、遠隔(えんかく)での同化だった。

「ばかばかリュート。それじゃマナのノリが悪いのっ！」

「……なんだよそれ、マナのノリなんて言葉、初めて聞いたって。そんな理由だったら普通に――」

リュートが、ヴィヴィアンの謎理論に待ったをかけようと振り向きかけたその時、ヴィヴィアンの唇(くちびる)が、リュートの唇のすぐ近くの頬(ほお)に触(ふ)れた。

リュートの魔力とヴィヴィアンのマナが融合(ゆうごう)する。慣れてきたのか、段々とそれはスムーズになってきたようだ。

「ご、ごめん、ヴィヴィアン!?」

『何が？　小さい時は何度もしたじゃない？』

リュートをからかうような口調のヴィヴィアン。

すでに同化しているので表情を見ることはできないが、リュートには、ヴィヴィアンの悪戯に笑う表情が簡単に想像できた。

「なっ、何度もって⁉　誤解されるだろ」

『誤解って、誰によ……。私の姿はもう誰にも見えないんだよ？　それに、こっちを向いたのはリュートの方だからね！　私はただ、リュートのほっぺに――』

「だぁー‼　わかった、わかったから。ほら、魔法の準備！　頼むよ」

ヴィヴィアンの言葉に、まだ残る頬の温かさを意識してしまう。

堪らずリュートは話を切り替えた。

『えへへっ。ところでリュート、今度はどんな魔法を使うつもり？　どれだけ緑のマナを送り込んだって、トマーテの実をすぐに穫ることなんて、できないと思うんだけど？』

緑魔法では、緑のマナを送り込むことで植物のサイズを大きくしたり、形や性質を変化させたり、伸ばしたり縮めたりと、植物を自在に操ることはできるが、成長を加速することはできない。

植物の成長には緑の他にも四つの色、光のエネルギーをもたらす白、熱や温度を与える赤、水を行きわたらせる青、そして、腐敗や分解、再誕を促す黒、すべてのマナが必要だと言われている。

「……うん、わかってる。それはそうなんだけど。森でのムーンウルフとの戦いでさ、ちょっと、思いついたことがあって」

『あの、木を巨大化して、命を吹き込んだ魔法だよね？　凄かったよね！』

「新しい魔法、うまくいくかわからないけど、とりあえずやってみるよ――」

リュートは学院で、才能の差を埋めるため、図書館の書物を読み漁った。

可能性を少しでも広げようと、緑魔法以外の魔法についても学び、訓練を積み重ねた。

その成果として、基本的な魔法であれば、術式はすべて覚えた。

生物が適性を持つマナの色は生まれながらにして決まっており、ほとんどはいずれか一色のマナを持つのみ。二色以上の適性を持つ者もいるが、非常に稀。

それでも、訓練によって才能が開花したという例も、あるにはある。

王都では使い物にならないとされている緑魔法の適性しか持たないリュートは、学院での開花。そのわずかな可能性に賭けたのだ。

結局それが、花開くことはなかったけれど――

「最初は、緑魔法……」

まずは緑魔法でトマーテの幼苗と、緑のマナとを結びつける。

「今度は、白魔法で――」

すぐさま、初歩の白魔法である『活力』を掛け合わせ、トマーテの成長を促す。水や肥料は、十分に休耕したこの肥沃な土地ではひとまず、必要はないはずだ。

めきめきと、はっきりと分かる音を立てて、トマーテの木はみるみる大きくなっていく。それも、緑魔法単体で使用した時とは違って、ただ大きくなっているだけではない。

周囲の地面が盛り上がるほどに勢いよく根を伸ばし、茎が伸び、葉が広がる。

やがて蕾が花になり、段々に実をつけて、それがみるみる膨らんでいく。

茎の太さはリュートの両腕でも抱えられないほどになり、背丈はポルトス村の、一般的な二階建ての家と同じくらいにまで伸びた。

葉は樹木のように生い茂り、花が咲いては枯れ、そのあとに緑の玉がゴロゴロと成り、ぐんぐん大きくなる果実が伸びきったところで、順番に赤く熟していく。

『すごいすごい！　すごいよリュート！　こんな魔法、きっと大神様だって――』

「よしっ！　うまくいった！　……っと、そろそろ止めないと！」

混色の魔法は、使える者が限られている上に、組み合わせも、マナのバランスも人によってそれぞれだ。

前例や経験が役に立たないので、そのほとんどが創作の魔法となる。

「うわー。おっきいねー。樹海でもこんなトマーテ見たことないよ!!」

「うん。俺もだよ。……きっと畑の、土の状態が、凄くいいんだろうな――」

同化を解き、巨大に育ったトマーテを見上げる二人。

そのあまりの生育っぷりに、『緑の女神』であるヴィヴィアンまでもが、口をあんぐりさせている。

ヴィヴィアンの言葉に、リュートは思い出す。

確かにかつて、ヴィヴィアンと樹海で食べたトマーテの実は、これほどまでに大きくはなかった。

その頃はリュート自身が小さかったとはいえ、その実はせいぜい大人の掌(てのひら)に収まるくらいの直径だったはず。

畑に現れた巨大なトマーテの木には、掌に収まるサイズの物から、両手でやっと持つことが出来るくらいに大きい物まで、トマーテの真っ赤な実が鈴(すず)なりだ。

「てっぺんの、一番大きなあのトマーテ、味見してくるね！　昨日の夜から何も食べてないから私、おなか減ってたんだー！」

言って、再び猫の姿に戻(もど)るヴィヴィアン。

ひょいひょいと、巨大なトマーテの葉に飛び乗り、次々飛び移っていく。野太い葉柄に支えられたトマーテの葉は、猫の体重くらいではびくともしない。

ビビはあっという間に実の元にたどり着き、木に成ったままのトマーテの実に、躊躇うことなくかぶりつく。

「ふぅ……。思ってた以上にマナ機関に負荷がかかるな……。やっぱり魔法だけで栽培するのは無理があるか」

マナ機関の酷使によって滴る汗を、リュートは作業着の袖で拭う。

季節も、時間もすべて無視して植物の生育を一気に進めるのだから、相応のマナを消費することを、リュートは覚悟していた。

それでも、樹海から取り込むヴィヴィアンの無尽蔵のマナと、底なしのマナ器があればなんとかなるのではないかと、淡い期待も寄せていた。

体内にあり、マナを取り込んで魔法を発現するための機関であるマナ機関は、酷使すると、マナ虚脱の状態に陥ってしまう。

ひとたびマナ虚脱になってしまえば、回復まで魔法の発動ができなくなるばかりか、マナ機関を重度に損傷してしまえば魔法そのものが使えなくなってしまうこともあるときた。

「とりあえず種だけ取るつもりでいたけど……。こんなにいい実が成ると、ちょっともったいないような気がするな――」

トマーテの茎に触れ、頭上に赤く光る立派な実を見て、リュートは呟（つぶや）いた。

「お、おーい、ビビぃ!!　食べるのはいいけど、種はちゃんと残しておいてくれよ」

随分（ずいぶん）と高いところに登ったビビに、リュートが叫（さけ）ぶ。

トマーテの実はとても一匹（ぴき）の猫（ねこ）が食べきれないほどにたくさん成っている。

それでも、遠くからでもわかるほどの、食のすさまじい勢いに少し、リュートは不安になった。

「ふごふご……にゃーぃ！　……ふごふご……」

結局ビビは、トマーテの実をまるごと一つ、種まできれいに食べてしまったのだから。

「全く……。ヴィヴィアンって俺の言ったこと、何も聞いてないんだな」

「えへへっ！　とっても美味（おい）しかったよ！　リュートが育てたトマーテ！」

いつの間にか人の姿となり、口元にトマーテのゼリー質の部分を少し残したヴィヴィアンは、嬉しそうにリュートにぴたっと体を寄せていた。

憮然（ぶぜん）としながらも、ずっと誇（ほこ）りに思っていた父の畑が褒められた気がして、リュートは内心、とても嬉（うれ）しかった。

# 第六章 「進化する故郷の味と季節外れなハッチ蜜」

『トントントントン――』

早朝。包丁が木製のまな板にあたる軽快な音で、リュートははっと目が覚めた。

「えっ!! もう朝か!? やっば、いきなり寝過ごした――」

四年間もの寮生活で、早起きには慣れていたつもりではあったが、さすがに農家の朝はそれにも輪をかけて早いらしい。ちらり横目に見えた窓の外は真っ暗だ。

正直まだまだ眠いが、そんなことを言っている場合ではない。

乱れた髪、服装もそのままに、リュートは自室の扉を勢いよく開く。

トマーテの成長促進でかなりマナ機関を消耗していた。とはいえ、成人して帰ってきたのだから、昔のように甘えているわけにはいかない。

「ごめん! 俺も手つだ――」

「あ! おはようリュート!! なんだかこの感じ、懐かしいね―」

そこにあったのは、母の姿ではなかった。

包丁を持つ手を止め、リュートを笑顔で迎えるのは、エプロンを身につけ、栗色の長い髪を一つくくりにした女性――

幼なじみのミーアだ。

「ど、どどど、どうしてミーアが!!」

驚きに、リュートは数歩後ずさりをする。

咄嗟に両手に頭にやり、自身の髪形を確認。もちろん、寝起きのままでぼさぼさだ。がしっと固い銀髪は、リュートの頭の上で乱舞してしまっている。

「くすっ。リュートの寝癖、相変わらずだね」

ミーアの屈託のない笑顔。

こうなったら髪は仕方がない。と、今度は服装を確認するが当然、寝間着のまま。それも、数年前から新調していないのでボロボロだ。昔、家で使っていたものだから、デザインも子どもっぽい。

リュートがミーアと最後に会ったのは四年前。学院への出発、その日以来だ。

十六歳だった少女も、もう二十歳になった。十八歳で成人を迎えるヴィエナ王国では、ミーアはもう、立派な成人女性。

それも、幼なじみのひいきを差し引いたとしても、かなりの美人ときた――

「にゃー……」

なんとも情けないものを見るような目で、食器棚の上から早起き？　のビビが短く鳴く。

「ちくしょう。ビビもかよ……」

ミーアの陰に隠れてほとんど見えない母クレスタもまた、肩を細かく上下させて、必死に笑いをこらえている、つもりらしい。

「えっと……。おはよう、ミーア。は、早いね」

「うん！　おはようリュート！」

「じゃ、俺はちょっと、水でも浴びてくるよ」

誰の目にも明らかに動揺しているが、それでも平静を装おうとするリュート。

玄関のドアをゆっくりと開け、『夜目』の魔法をかけてから、まだ明けきらない暗闇へと飛び込む――

「行ってらっしゃい。あ、タオル、そこにあるからね」

背後に届くミーアの落ち着いた声に、タオルを取りに戻るリュートは顔を上げず、無言のまま。

ランプの明かりと暗闇で見えなかったけれど、リュートの顔は恥ずかしさでもう真っ赤だった。

▽

「ところで、ミーアはどうして家(うち)に?」

頭から豪快(ごうかい)に水を浴びた髪を整え、作業着に着替(きが)えて一息。リュートはテーブルについていた。

「うん。今日はね、リュートの歓迎会(かんげいかい)でしょ?」

「歓迎会?」

一昨日、父の畑でミーアが言っていたことを思い出す。

確かに今度の農休みの日に、リュートの歓迎会をやると言っていた。それが今日だというわけだ。

「もう!　忘れちゃったの?　……それでね、今日は朝からリュートがリクエストしてくれたシチューを仕込(しこ)んでいるの。おばさんに手伝ってもらってね」

「リクエストだって……?　俺、いつの間にそんな――」

一昨日、父の畑でミーアに会った事を思い出す。喉(のど)まで出かかった言葉を、必死に飲(の)み込んで漏らさなかったはずだ。

「えぇー！　覚えてないの？　リュートが私のシチューをどうしても食べたいって、そう聞いたのに――」

「え？　聞いたって⁉　誰に⁇」

ちらり、ミーアの横に立ち、わざとらしく音を立てながらも軽やかに包丁を扱う母クレスタの姿が見える。

口角をわずかに上げ、ニヤリと笑っているように、リュートには見えた。

「全く……」

リュートはポツリ呟く。

「あ、いや、ごめん。そうそう、そうだった！　俺、ミーアのシチューが食べたかったんだよ。四年前から、ずっと」

「もう。リュートったら。四年前って、出発してすぐじゃない」

呆れため息交じりに言いながらも、嬉しそうに微笑むミーア。

実際、村でも王都でも、心の中では何度リクエストしたかわからないほど、リュートは熱望していた。それでも、大人になったミーアを前にすると、食べ物のリクエストはなんだか気恥ずかしくて、言えずにいたのだ。

「でも、なんだか微妙に――」

「？　どうしたの？　リュート⁉」

そんなリュートには、ミーアのシチューの香りがいつもとは、ほんの少し違うように思えた。

かなり離れた「隣」の家に住んでいるミーアは料理が好きだ。幼い頃からリュートは、ミーアの調理実験に付き合わされた。

いや、好きというだけではなく、文句なしに料理上手で、そのレパートリーの中でも、特にシチューは絶品だった。

猟師であるミーアの父が仕留めてくるロックベアやワイルドボアの肉、それに、ポルトス産の新鮮な野菜や果物なんかを使ってシチューをよく作り、試作を何度も届けてくれた。

何年かの試行錯誤の後、『究極のシチュー』が完成したことを、リュートは覚えている。

それが、少し違っているのだ。変わらないはずのレシピ、何年も口にした味、馴染みの香り、四年間、思い焦がれたリュートが間違えるはずなどない。

「ミーア？　シチューのレシピ、変わった⁉」

とはいえ四年間のブランクだ。何かが変わっていたとしても不思議ではない。

「⁉　お、驚いちゃった。リュート、わかるの⁉」

「……う、うん」

「ぷぷっ。しかも、香りだけで……ね」

隣で母クレスタが、今度こそはっきりと声を出して笑った。

「これ！　リュートが育てたんでしょ!?　そこのテーブルに置いてあってね！　おばさんが新しい野菜で、美味しいからって、食べさせてくれたの。そしたらね、そしたらね――」

興奮状態のミーアが手に取ったのは真っ二つに切られたトマーテの実だ。真っ赤な実からゼリー質の部分がこぼれる。

「とおっっっってても美味しくて!!」

ずんずんと、勢いよくミーアはリュートのほうへと近づいてきた。

「絶対シチューにコクを足してくれるって、私、確信したの！」

「わ、わかったよミーア」

幼いころと変わらない、唇が触れてしまいそうな超至近距離で、きらきらと目を輝かせるミーア。しかし、リュートの目の前にいるのは、すっかり大人になったミーアだ。

早朝にもかかわらずしっかりと整えられたミーアの格好と、先ほど目にした自分の姿とのギャップに、リュートは恥ずかしくなり、両手でミーアを制し、思わず顔をそらす。

リュートはいつの間にか、ミーアを幼なじみの少女としてではなく、女性として意識してしまっているのかもしれない。

「にゃーーー!!」

その時、シュタッと、華麗に食器棚から飛び降りたビビは、そんな二人の間に入り、むき出しのリュートのすねに、何のためらいもなく噛みついた。

「――いってぇぇ!!　なにするんだよ！　ヴィヴィア……っとと、ビビ!!」

反撃しようとリュートはビビを捕まえようとする。が、ビビは寝起きのリュートの腕など難なく、ひらりと躱す。

今度は出窓にひょいっと飛び乗り、リュートのほうを向いてあくびを一つ。今度は軽蔑するようなジト目を向けた。

「ふふふ。ビビちゃんって、リュートの事がとーってても好きなのね。ごめんね。ビビちゃん」


「へ!?」「にゃ!?」


ビビの乱入に少しばつが悪くなったのか、ミーアは少し、リュートと距離を取った。

食器棚の上で今度は背中を向け、しっぽをゆっくりと振るビビ。

「ミーアちゃんってすごいのよ。はじめは私たち、ポルトスの家庭料理を教えていたんだけどね――」

一度包丁を置き、エプロンの裾で手を拭いながら、母クレスタが話す。

「どんどん新しい食材とか、調理方法を取り入れたりして……。今ではすっかり私たちが教わる側なのよ。ね、ミーアちゃん」

「えへへ」

頭に手をあて、照れ笑いをするミーア。顔つきは大人びても、その笑顔は、幼少期から少しも変わっていない。

「えっと、それでね、私、思ったの。このトマーテを入れたシチューにすこーしだけ、ハッチの蜜を入れたら、もっともっと美味しくなるんじゃないかなー……って」

「え？　シチューにハッチの蜜？　トマーテのこともそうだけど、ちょっと想像つかないなぁ」

リュートは王都で食べた、バリエーションだけは豊富な、食事の数々を思い出してみた。しかし、ポルトスの新鮮な食材で作られた、ミーアや母クレスタの料理に勝るものなど、思いつくはずもなく、すぐさま思考は止まる。

「もう。これでも私、色々勉強したのよ、料理の事。おばさんにいろいろ教えてもらったり、ハンスに王都で料理の本を買ってきてもらったり――」

「甘いわね。リュート。煮物に少しのハッチ蜜。これ、ポルトスじゃ常識よ？」

「う、うん。わかったよ……」

二人の女性の圧力に、思わずたじろぐリュート。

「でもね……うーん。とってもいい考えだと思うんだけど。でもミーアちゃん。まだ春先だから、ハッチの蜜は手に入らないんじゃないかしら？」

「そう……ですよね。でも！」

またしてもずんずんと、ミーアの顔がリュートに近づく。

「ねえねえ、リュート！」

「だから、近いって――」

食器棚の上では、ビビが顔だけをリュートに向ける。噛まれたすねの痛みは、まだ忘れられない。

今度はもっと早く両手でミーアの接近を制しながら、さらにリュートはほんの少し、顔を背けた。

それでも、ほんのり顔が熱くなってしまう。

「ご、ごめんなさい」

ビビの気配を感じたのか、咄嗟に距離をとり、それからビビに謝る仕草をするミーア。

「え、えっと、それでね……ほら、覚えてる？　リュート、私たちが小さい頃、ずーっと前の冬にね、ハッチの蜜を取ってきてくれたじゃない？」

「……ん？　ああ、そんなこともあったかな？」

「もう！　忘れちゃったの？　ほらー、私が風邪をひいて声が出なくなった時！　私、とーっても感激したんだけどなぁ……」

顎に人差し指をあて、記憶をたどるリュート。言われてみると、確かにそういうことがあったような気がしてくるから不思議だ。

ハッチの蜜は、ハッチの動きがピークになる夏でも、そのあたりで簡単に手に入る代物ではない。

冬の長いポルトス村では養蜂は行われていないので、交易品としてごくまれに手に入る、いわば高級品。

運が良ければ森で、狩りの時なんかに偶然手に入ることもあるのだが、まだ花が咲かないこの季節、巣にこもっている野生の蜜ハッチを見つけ出すことは至難だ。

「――樹海でなら、いけるかな」

誰にも聞こえないほどのリュートの呟きに、背中を向けていたビビの猫耳がピクリと動く。

タッタス樹海に常識は通じない。樹海の中は、年中花が咲き乱れている場所があることを、リュートは思い出していた。

それに、樹海のマナの影響を受けて巨大化した蜜ハッチであれば、活動の弱い今でも見つけることは何とかできる。

その昔、一生そのままミーアの声が出ないのではないかと、本気で心配した少年リュートは、必死にタッタス樹海を探検し、真冬にハッチ蜜を手に入れた。

手に入れたのは、巣に手を突っ込んで取りだした、ほんのわずかの量。さらに、巨大な蜂の大群に追い掛け回された苦い記憶がある。

その様子を思い出したのだろうか。そんなはずはないのに、出窓のビビが肩を動かし、思い出し笑いをしているように見えた。

「……わかった。心当たりがあるんだ。ちょっと、探してきてみるよ」

「ほんと!? ありがとうリュートト! あのね、量はそんなにたくさんはいらないんだ」

「ああ、適当に持って帰ってくるよ。俺も、ミーアの新しいシチューを食べてみたいから」

「うん! たーくさん作るから! 今夜を楽しみにしておいてね!!」

ぴょんぴょんと、ミーアは嬉しそうに、小さくその場で跳ねていた。

「えっと、そういうわけだから母さん――」

「わかっているわよ。どのみち、私にはあんなのとても管理なんてできないわ。せいぜい、獣を追い払うくらいかしらね」

　母クレスタが包丁を剣に見立てて構え、ぶんぶんと振り回すと、剣圧で家がビリリと小さく揺れた。

「あ、ありがとう、助かるよ」

「……それに、私も長いこと一人でやってきたのよ。帰ってきたばかりのあんたの手なんて、少しだって期待してないわ」

　言って、母クレスタはどん、と、力強く自らの胸をたたく。

「それはそれで、何というか……複雑なんだけど？」

「ほら、決まったんだから早く行ってらっしゃい。帰ってきたら歓迎会が終わってましたじゃ、目も当てられないわよ？　当然、ミーアちゃんのシチューはおあずけになっちゃうんだからね。あんたの優先権は、今夜だけよ？」

「それは困る！　じゃ、行ってきます!!」

　母に強く背中をたたかれ、リュートは外へ押し出された。もちろん、足下にはぴったりとビビもついてきている。

　真っ暗だったはずの家の外は、うっすらと明るくなり始めていた。

# 第七章 「もっと不機嫌な女神様と奇跡の地」

「もう！　毎回毎回なんなのよ、あの小娘(こむすめ)!!」

ぷんぷんと、頬を膨らませているヴィヴィアンは、リュートの数歩先をずんずん大股(おおまた)で進む。

夕方頃(ゆうがたごろ)までという事実上の時間制限もあるので、二人は家を出てからは早足で目的の場所へと向かっていた。

タッタス樹海に入ってから随分と時間が経(た)つというのに、ヴィヴィアンは前回よりもっと不機嫌で、ずっとこの調子だ。

「はぁー……。いい加減に機嫌(きげん)直してくれよ、ヴィヴィアン」

手を替え品を替え、色々と試(ため)した後、ヴィヴィアンを諌(いさ)めることを半ば諦(あきら)めたリュートは、適当な言葉を投げ、樹海の自然を眺(なが)めて気を紛(まぎ)らわせる。

すっかり日も昇(のぼ)り、草木の、葉の先端(せんたん)についたしずくが太陽に反射してキラキラと輝いて美しい。

「リュートにこーんなに近づいちゃってさ!!」

ミーアの口調をまねてみせたヴィヴィアンはぐいっと、リュートにその顔を近づけた。

「うわっ！　ちょ、ちょっとヴィヴィアンまで……」

幼い頃にはミーアにも、もちろんヴィヴィアンにも、その顔を近づけられる事について、リュートはとっくに慣れていたはずだ。

それでも、都会の、それも中心地にある学院で過ごす時間が、女性との距離感を変えてしまったのだろうか。かつては普通であったはずのその距離感にも、今のリュートは狼狽えてしまう。

「いや、だからミーアは昔っからああいう風なんだって。あれがミーアの距離っていうか。ほら、別に、その……なんだろ、深い意味はないっていうか――」

「ふーん。随分歯切れが悪いのね。じゃああの小娘は、リュート以外にも、ああいう風なの？」

「ああ、それはもちろん！　メリーちゃんにもそうだし、バーバラにも、ルチアにだって、それから――」

「……それって、みんな人間の女の子の名前じゃないの？　……もう、リュートのことなんて知らない！」

ハッチの巣をつついてしまったかのようなリュートの言葉に、ヴィヴィアンはさらに不満を募らせている様子だ。

「……そ、それにさ。小娘って言うんだったら、ほら、ヴィヴィアンの方が――」

ヴィヴィアンの姿をまじまじと見つめるリュート。

リュートがヴィヴィアンと出会ったのは、七歳のことだ。その頃のヴィヴィアンの姿を、リュートはどうしても思い出すことができないでいた。

ヴィヴィアンにとってリュートは初めてで、唯一の「友人」だ。

少しでも近づきたくて、同じ感情を共有したくて、ヴィヴィアンはその姿をせめて、リュートの年齢と同じくらいに近づけた。

成長速度も同じように調整した。リュートの背が高くなったらヴィヴィアンも背を伸ばす。顔つきが変わったら、それをまねる。人間の成長の過程を知らないヴィヴィアンは、いつでもじっくりリュートの成長を観察していた。

そういうわけで、ヴィヴィアンの容姿はリュートが村を発った十六歳の頃のままで止まっているのだ。

二十歳になったミーアと比べると、やはりその年頃の成長速度もあって、今のヴィヴィアンは、どうしても幼く見えてしまう。

「お母様も言っていたけど、ほんと、リュートってレディーに対する言動がなってないわね！」

「ご、ごめ――」

火にさらに油を注いでしまったのではないかと、リュートは慌てて口を噤む。

「全く……そういう知識、どこで仕入れるんだか」

「リュート？　また何か言った？」

「いえ、独り言でございます……。ほんと、肩こるんだよ、根本的に俺、そういうの向いてないんだって」

学院には家柄の確かな、貴族の子弟も多く在籍していた。退屈なお茶会やパーティーなども開かれていたし、魔法軍に配属されれば王宮に招かれることもあるらしい。

リュートも最低限のマナーは学び、身につけたはずだ。

それでも、神であるはずのヴィヴィアンはもちろん、母クレスタにも、それから名門貴族の出であるはずのフェリスにすら、リュートはどうしても畏まった態度をとる気が起きなかった。

「でもでも……。うぅー……。やっぱりこのままじゃちょっと、子どもっぽいのかなぁ……？　研究しておくから、もっともっと綺麗になったヴィヴィアン様を楽しみにしておいてね、リュート！」

本当は気にしていたのだろうか。それからヴィヴィアンは水面などの、自分の姿が映るもののほとんど全てを見つめて、うんうんと首を傾げていた。

▽

「リュートっ！　着いたよ、繚乱の花畑!!　いつ来ても綺麗だねー!!」

「ああ。相変わらず、ここは壮観だ」

世界のマナの発生源と考えられている霊峰タッタスを中心に渦巻く、強烈なマナ渦の影響を受けるため、タッタス樹海ではマナの流れがとても不規則だ。

季節や気温、気候のすべてを決定するマナの流れが、樹海の中と外では大きく異なっている。樹海の外は土砂降りでも一歩樹海に踏み入れると快晴。もちろん、その逆などということもよくある。

そんな樹海の中でも季節を無視してこれだけの花が咲き誇っているのは、リュートが知る限りこの場所だけだ。

繚乱の花畑の植物はマナ渦の影響を受けない。ここにある植物それ自体が季節を、自身に必要なマナを持っている、と、いつかヴィヴィアンに、リュートはそう教わった。

「わかっているとは思うけど、ここには危ない虫もいるから……。リュート、十分気をつけてね」

「ヴィヴィアン様。私は身をもって実感しております……」

「うむうむ。よろしいぞ！」

ヴィヴィアンが満足そうにうんうんと、大きくうなずいた。

外界が冬の季節には特に、この場所には花の蜜や花粉を求める虫たちが樹海中から集まってくる。当然、それを狙う鳥などもだ。

そういった生物にとって、ここは楽園であり、最後の希望。

ハッチが魔物化したキラービーや、見た目は美しいが永遠の眠りに誘う鱗粉をまき散らすスリープ蝶なんかもいるが、そのほとんどが、種族の維持のために必死であり、繚乱の花畑の限られた資源を奪い合っている。

実を守るために毒や固有魔法を持つものがほとんどで、当然、外敵には好戦的だ。

「あ、あれデッカオ蛾じゃない？」

「うげっ！　本当だ‼　あいつはどうも苦手なんだよなぁ……。な、なあヴィヴィアン？ここには蜜ハッチはいないみたいだから、あっちに探しに行かない？」

「えへへっ。ねえねえリュート、デッカオ蛾っていえばさぁ――」

デッカオ蛾はその鱗粉に毒を持っており、触れた箇所は大きく腫れあがる。

その毒性とは裏腹に、羽を開くととてもきれいな模様をしているから、美しい絵画を近くで見たくなった少年リュートが捕まえようとしたことがあった。

言わずもがなその行動は察知され、デッカオ蛾が逃がれようと羽ばたいたその瞬間、リュートはその鱗粉を顔いっぱいに浴びてしまったのだ。

毒を大量に浴びたリュートの顔は、大袈裟ではなく倍ほどに膨れ上がった――

「ふふっ……。でもリュートのあの情けな――違った、かわいい姿。あの小娘は知らないんだ！　私の勝ちね！　うん、圧勝!!」

「なんの勝負だよ……全く。ほんと、勘弁してくれよ」

小さく顎を上げ、なぜか勝ち誇るヴィヴィアンに、リュートはやれやれと、両肩をすくめた。

樹海の中にはロックベアやワイルドボア、ムーンウルフなど、外の生物と同じものも存在する。

けれど、タッタス樹海の生物は基本的に、独自の進化を遂げた、一般には知られていない固有種ばかりだ。

当然、その殆どに名前がない。

不便からリュートとヴィヴィアンの二人で適当に名付けた樹海の生物はたくさんいる。

その一つがデッカオ蛾だ。

この変な名前は、リュートの腫れあがった顔を忘れないようにと、ヴィヴィアンが注意？を込めて付けたものだ。名前を閃いたその時、二人で笑い転げたことをリュートは覚えている。

他にも小さい頃には、リュートはかなりの無茶をした。

ポルトス森林の物に比べ、カラフルな容姿をしていたり、圧倒的に大きい虫がたくさんいたりする。

リュートはそんな虫を捕まえて自慢しようと思って、毒針に刺されたり、それこそ鱗粉や、固有魔法でひどい目に遭ったりすることなど、しょっちゅうだった。

そのたびにヴィヴィアンに治療をしてもらっていたのだから、リュートの情けない姿も、思わず笑ってしまうような格好も、ヴィヴィアンはすべて知っているというわけだ。

「昔のやんちゃなリュートもいいけど、今の優しいリュートもいいよねー……」

立派に成長したリュートにかつての姿を重ね、ヴィヴィアンは呟く。

「ん？　ヴィヴィアン、何か言った？」

「……ううん、なんでもないよ。リュートがいてくれて嬉しいなって、思っただけ」

「なんだよそれ？　ほら、今度はあっちを探してみようか？」

ヴィヴィアンの魔法の秘密を知ってからは、リュートも無茶をすることは少なくなったのだけれど。

「俺さ、ヴィヴィアンにも食べて欲しいんだよ、ミーアのシチュー。ヴィヴィアンも絶対気にいるから」

「ふぇっ⁉　な、何よ突然。……そうよね。なんだかんだ言っても、私もリュートに散々聞かされたそのシチュー、食べてみたい……かな？」

意表をつかれたヴィヴィアンは、ほんのり頬を赤らめた。

▽

「お！　いたよヴィヴィアン、蜜ハッチだ」

蜜ハッチは、戦闘に不向きだ。他の昆虫や鳥、ロックベアなんかの餌食になってしまうことも少なくない。

だからか、その姿形はとても地味だ。木の幹や花に擬態できるようにと、黒と深い黄色のツートーン。樹海でもそれは変わらない。

樹海の生物なのだから、本当は人の頭ほどの大きさはあるのだけれど。

植物やその花の大きさ、他の昆虫、木、どれも大きいから、サイズの感覚はすでに完全に麻痺（まひ）している。リュートたちにとっては、樹海の外界と変わらないサイズにすら思えているのは不思議だ。

「蜜を集めているみたいだけど……どうする？　魔法で倒（たお）して奪っちゃう？」

「いや、それだとタダの花の蜜だからさ……。いいハッチ蜜をとろうと思ったら、やっぱり追跡（ついせき）して、熟成したものを巣からとらないと」

「……うん。そう、だよね」

一転、ヴィヴィアンはあまり乗り気ではない様子だ。

リュートは少し不思議に思ったけれど、定石通り緑のマナを使い、ハッチに目印を付ける。

猟師なんかもよく使う緑のマナの目印は、色も重さも、香りもない。術者にだけ見えるマナの痕（あと）。

「ハッチが動く。行こう！」

かなりの量の蜜をおなかの中にため込んだのだろう。ふらふらと飛行し、それでもあたりへの警戒（けいかい）を緩（ゆる）めず、草木や岩の陰を選んで進む蜜ハッチ。

なるべく物音を立てないようにそれを追跡する二人。追跡に気づかれては、パニックになった蜜ハッチがどこへと飛んでいくかわからない。

目印を付けているから、見失ってしまうくらいであればまだなんとかなる。

悪いのは、攻撃をされて、針での決死の一撃を受けてしまうこと。それと、蜜ハッチが逃げる間に、ロックベアに捕食されてしまうケースだ。

そうなってしまうと、また繚乱の花畑に戻って、見つけにくい蜜ハッチを探すところから始めないといけない。

ポルトス村へ帰る時間と夜に行われる歓迎会、何よりシチューの仕込みに要する時間を考えると、これが最初で最後のチャンスだろう。

▽

気配を遮断し、なおも追跡を続ける二人。

深い藪を通る生物など全くいないようで、そのほとんどは道無き道だ。

リュートは緑のマナを巧みにコントロールし、道中の草を縮め、木の枝の形を変え、音を立てないように、気づかれないようにと慎重に、貴重な蜜ハッチを追う。

「ん？　ほらヴィヴィアン。あの蜜ハッチ、木の中に入っていったよ」

当の蜜ハッチは少しあたりを警戒して、それからひょいっと、大木に開けられた穴の中へと入って消えた。

「はぁー……。もしかしてとは思っていたけど、よりによってここだなんてね」

「え？　ヴィヴィアン、今なんて？」

「リュート、本当にあの穴に入るつもり？　ほら、蜜ハッチは他にもいるでしょ？　なんだかあの穴、いやな予感がするんだけど……」

タッタス樹海に詳しい緑の女神、ヴィヴィアンの予感は的確だ。幼い頃には忠告を無視したリュートが突っ走り、大抵、何かしらの手痛いお土産をもって帰ってくるのが常だった。

「今更何言っているんだよ……。今から繚乱の花畑に戻って違う蜜ハッチを探してたら、日が暮れてしまうだろ？」

「ま、そう言うよね。わかってたけど。……ほんっと、そういうところがリュートね」

ヴィヴィアンはやれやれと、やはり気が進まない様子だったが、二人は追跡してきた蜜ハッチが消えた木の穴の方へと向かっていった。

# 第八章　「蜜ハッチの女王と大切なイヤリング」

「確かにここに、入っていったよな……」

繚乱の花畑で見つけた蜜ハッチを追跡し発見した、大木にぽっかり開けられた横穴。

タッタス樹海の木々は、どれも大きい。ポルトス森林にも樹齢(じゅれい)数百年と言われる巨木(きょぼく)が何本も知られているが、樹海のものはその比ではない。

ほとんどが樹齢千年以上、中には一万年を超(こ)えるものもあると、大神に聞いたというヴィイヴィアンからなぜか自慢げに、リュートは何度も聞かされた。

なんでも、際限なく供給される緑のマナ、肥沃(ひよく)な土地、そして何より、嵐(あらし)や山火事といった災害が一切(いっさい)起こらないことが、この環境(かんきょう)を作り出すそうだ。

『夜目(ナイト=サイト)』

何もかもが巨大なタッタス樹海に、初めて来た時と、四年ぶりに訪(おとず)れた時は圧倒(あっとう)された。

それでも、過去の記憶もあってか、リュートはもうすっかり適応している。

近づくと木の幹とはとても思えない、眼前にそびえる茶色い壁。そこに開けられた、異常なまでに大きいハッチの巣への入り口。それすら、樹海の外にある物と何ら変わらないように感じていた。

リュートは躊躇うことなくその穴にすぽっと頭を入れ、『夜目』の魔法を自身に付与して、中をのぞき込む。

「中はかなり広いな……。ここからじゃ、全体は見えないか――」

言って、リュートはひとたび、穴から顔を抜いた。

「よし。入ってみようか。ヴィヴィアン、俺、先に入るよ」

「ねぇリュート！　でもここは――……だから……て……」

人の頭ほどの大きさの蜜ハッチが何匹も同時に出入りできるのだから、人もなんとか入れるはずだ。ヴィヴィアンの返事を待たず、リュートは体を巧みに動かし、ハッチの巣へと入っていった。

▽

「ふぅー……。なんとか入れたな。なるほど、この木の中がさっきの蜜ハッチの巣なんだな」

中に入ってみると、入り口のサイズからは想像できないほどの空間が広がっていた。

大木の中で垂直に、水平にと広がるハッチの巣。もしかすると、木の中はほとんど蜜ハッチの巣なのかもしれない。

その広さは、リュートとヴィヴィアンの二人が十分に立てるばかりか、走り回ってもまだあまりあるほどだ。

リュートは『夜目』の魔法の出力を上げ、さらに全体を見渡してみる。

六角形の、幼虫用のベッドが壁面にびっしりと並んでいる。蜜も貯蔵されているのだろう、わずかにハッチ蜜の、独特の甘い香りが漂う。

「うわっ！」

リュートが今入ってきたばかりの出入り口から、手ぶらの蜜ハッチがちょうどエサ集めに飛び立つようだ。

巣の中には、幼虫に貯蔵された花粉を与える蜜ハッチもいる。外敵に対して、警戒をしているものもいる。

あれだけの大きさのハッチが数百匹のコロニーを形成しているのだから、当然、その規模は大きい。視認できないが、巣は、さらに奥へと広がっているようだ。

「気を付けてね、リュート。気配遮断は絶対に解いちゃダメだよ」

「わかってるよ。……けど、なんだか、すごい緊張感だな」

花粉や蜜の収集、その貯蔵、幼虫への給餌と、懸命に働く蜜ハッチの羽音が木の祠に反響していてなんとも耳障りだ。

「うん。この時期だと、やっぱりみんな気が立っているから」

ヴィヴィアンの存在は、樹海では当然認知されている。畏怖すべき存在、『緑の女神』であることも当然みんな知っている。

ロックベアの時もそうだったけれど、それでも自分の命、自分の一族を脅かすとわかれば、理性を忘れ、決死で攻撃を仕掛けてくるだろう。

「もちろん私はいつでもリュートの力になるけどね。それでもこのコロニー全部の蜜ハッチが相手だと、逃げるのも結構厳しいと思うから」

「ああ、ありがとう。気を付け――」

リュートが一歩踏み出すと脆くなった木の床が崩れた。バランスを崩して咄嗟についた手の先。油断があったわけではない。

運の悪いことに、触れてしまったのは蜜ハッチの雌が幼虫のためにと、せっせと集めてきたばかりの花粉団子だ。

瞬時に蜜ハッチはリュートを鋭く睨む。ひとたび認識されてしまっては、擬態の魔法は効果を失ってしまう。

「ご、ごめん、悪気はなかったんだよ」

「……」

すまない、と片手をあげるリュートの謝罪など、蜜ハッチに通じるはずもない。

命よりも大切な幼虫の餌を狙われたのだと、当の蜜ハッチは次の瞬間、何の躊躇いもなく針を向け、リュートに突撃――

「リュート!!　早く!!」

声に促され、リュートも瞬時にヴィヴィアンとの同化を果たす。マナによる身体強化を施し、巨大な針の一撃をなんとか躱した。

『一旦外にでよう!　蜜ハッチの行動はコロニー中に伝播するから!』

「わかった!　なら、入ってきた穴から――」

他の蜂に気づかれる前にと、もと来た方向へ急ぐ。とにかく木の祠からの逃走を試みるリュート達。

が――

「ダメだ！　入り口が!!」

既に先回りしていたハッチの群れが、その唯一の出入り口を塞いでいる。とっくに他のハッチにも情報が伝達されていたようだ。

「仕方ない！　強行突破だ!!」

リュートは、退路を確保するため、術式を刻み始めた。こうなった以上、ハッチの蜜を手に入れることなどできない。少しくらい巣を破壊したとしても、きっと蜜ハッチはすぐに修復を終えることだろう。

とにかく生きて帰ることが最優先――

「……皆、おやめなさい。その方たちは、妾の大切な客人」

リュートが木にマナを注ぎ、緑魔法を発動しようとしたまさにその時、穴のさらに奥から、優しくも強く、落ち着いた声が聞こえた。

　その声に、あれほど気を立たせていた蜜ハッチ達はさっと戦闘態勢を解くと、すぐさま羽ばたくことをやめ、一斉に声の方を向いて姿勢を正した。

「……これはこれはヴィヴィアン様。お久しゅうございます」

「その声、クイーンハッチね？　……はぁ、やっぱりここ、メリザンデの巣だったんだ」

「おや、ヴィヴィアン様。数多ある蜜ハッチのコロニーの、いち女王に過ぎない妾のことを覚えておいていただいていたのですか？　誠に、光栄なことでございます」

　奥からゆっくりと姿を現したのは、驚いたことに、お腹を大きく膨らませた女性。

「クイーンハッチ？　ハッチの女王が……人⁉」

「ふふっ。大切な客人を驚かせてはなりませんからね。仮の姿をとっているのですよ。本当の姿は――」

　メリザンデは魔法で姿を変えているらしい。黒髪を結い上げた、その整った顔から、彼女の本当の姿、蜜ハッチの顔、がのぞいた。

「‼　よく、わかりました」

「悪趣味ね。普通のクイーンハッチには、多種族への変化なんてできないでしょ？　……このクイーンハッチの名前はメリザンデ。確か、もう千ね――」

「こほん。ヴィヴィアン様……。人族の殿方に、あっさりと妾が生きた年月を暴露するというのは……。その、少し驚かせてしまうのではありませんでしょうか？」

「あ！　ごめんごめんメリザンデ。うんうん、確かにそれもそうね」

リュートを嗜めたばかりであったことはもとより、自分の年齢のこともあってか、ヴィヴィアンはあっさりと謝罪する。

「しかし、感心しませんね。ヴィヴィアン様ともあろうお方が、よもや春先のこの時期に、我々蜜ハッチの巣に入ってこられるとは……。冬越しの食糧の貯蔵も底をつきかけております。ご覧の通り、皆、殺気立っているのですよ」

メリザンデの言葉に呼応するように、再びハッチの羽音が巣内に響き始めた。

「……それとも何か、よほど深い事情でも？」

「ふぇっ⁉　ふ、深い？　え、えーっと。まあ、そうね――」

リュートとヴィヴィアンの目が合った。

「蜜を少し、分けていただきたいのです」「えっとね。その、ちょっぴり、蜜を分けてもらえないかなー、って」

二人の言葉が重なる。

「なんですと⁉　蜜を？　ほっほっほ‼　蓄えが底をつきかけた今、何よりも貴重な蜜を寄越せと、そうおっしゃるのですか？　妾の可愛い子たちが、死地とも言えるあの恐ろしい場所から命がけで集めてきた、その、蜜をですか……。冗談にしても、笑えませんね――」

　張り付くような緊張感。発せられる言葉に乗って、怒りの感情が伝わってくる。ハッチの女王メリザンデは巣と、自ら産んだ子たちを守り育てるため、真剣そのもの。

　そんな蜜をシチューに、それも隠し味に使うなどと、とても言い出せない状況だ。

「わかりました……。それじゃ、帰ろうか、ヴィヴィアン」

　メリザンデの強い覚悟のこもった言葉を聞くと、リュートはすぐさまに踵を返した。

「え？　でもでも……いいの？　リュート、とっても楽しみにしてたのに」

「あんな話聞いたら、とてもわがままなんて言えないって」

　リュートは、肩をすくめた。

「……うんうん。それもそうだね」

「ミーアの頼みだし、俺も楽しみだったから。樹海に来たときは、なんとしてでも手に入れようって決めてたけどさ。……ま、ミーアにはうまく言うよ」

「じゃね、メリザンデ。お互い生きていたらまた会いましょ」

「これだけの巣を作り上げて、みんなに信頼されていて……。それに、何より巣のハッチのために命をかける……。メリザンデさんはきっと、すばらしい女王様なのですね」

リュートは女王に、学院で習った作法に則り、礼儀正しく一礼をする。

「なっ⁉　貴殿はいったい何を――」

ゆっくりと顔を上げたリュートは、ニコッとメリザンデに微笑みかけた。

臨戦態勢から一転、意外な反応にメリザンデは驚き、わずかに顔を赤らめて硬直してしまう。

ヴィヴィアンは、またやってるよ、といった具合に呆れた表情でリュートを横目に捉えていた。

「それでは、俺たちはこれで失礼しま――」

「ふ、ふふっ。なんともお優しいのですね。あなたたちの実力なら、巣ごと破壊して蜜を奪い取ることも出来たでしょうに」

「それもそうね……でもメリザンデ？　貴女が相手だと、そう簡単にもいかないでしょ？」

「もともと手荒なことなんてするつもりはありませんでしたし……。それに、面と向かって言われちゃうと、な、ヴィヴィアン？」

巣の入り口へと進むリュートとヴィヴィアンは目を合わせ、同時に肩を小さく上げる。

「そう、ですか。すると我々は命拾いをした、ということですね」

メリザンデが、小さく呟いた。

「……しかし、優しさだけでは、成し遂げられないこともあるかもしれませんよ？」

背中から聞こえるメリザンデの言葉に、リュートは思わず立ち止まる。

心臓がとくんと、強く打った。

「ほほう……。もしや貴殿——」

「メリザンデ、紹介が遅れたわね。この超絶素敵な男性はリュートっていうのよ」

声に、ヴィヴィアンはくるりと向き直る。

「貴殿は……リュート殿はなんとも不思議なマナをお持ちのご様子」

「!?　ぐ!!」

リュートの体に見えない何かが絡みつく。全身に鳥肌が立ち、呼吸までもが苦しくなっていく。

「メリザンデ！　あんた、リュートに何を——」

「ふふふ……。そうですか、シチューを、ですか」

メリザンデが小さく笑いながら、意外な言葉を口にした。

同時に、リュートにまとわりついた気味の悪い何かが、すうっと落ちていく。

「え⁉　どうしてそれを？　ヴィ、ヴィヴィアン⁇」

「私じゃないよ！　だってだって、メリザンデには何にも言ってないでしょ？」

「リュート殿、マナの流れは思考の流れです。メリザンデにはマナ機関をこうも簡単に乗っ取られてしまうようでは、まだまだ扱いが未熟なご様子で。……おっと失礼。多感な少年にそのような発言は慎むべきでしたか？」

「少年って……。俺はもう、二十歳で……す、よ⁇」


「……」「……」


沈黙。リュートの言葉に、メリザンデとヴィヴィアンは完全に顔を伏せてしまった。

「えっと……なんか、ごめん」

リュートには想像もつかないような長い時間を生きる二人には、年齢の話はタブーなのかもしれない。

「なんか失礼なこと考えてない？　ねえ、リュート⁇」

「ち、ちが、二人合わせてどれくらいになるんだろうとか、そんなことは――」

「リュートっ‼」「リュート殿？」

前から、横から衝撃(しょうげき)を受け、リュートの目の前は一瞬(いっしゅん)、真っ黒になった。

▽

「こほん、そう……ですね。それでは、物々交換(ぶつぶつこうかん)ではいかがでしょう？」

「物々交換、ですか？　でも、俺たちは特別な物は何も――」

「ふふっ。女王である妾は巣の外には出られません。それに、兵たちが持って帰ってくるものと言ったら花粉か花の蜜だけ。どんなものも妾にとっては珍(めずら)しいのです」

心なしか、あたりを取り囲む蜜ハッチたちが俯(うつむ)き気味となったように思えた。

「例えば……。おや、ヴィヴィアン様、何とも素敵(すてき)なものを身につけていらっしゃる」

メリザンデはゆっくりとヴィヴィアンに近づき、耳のイヤリングに手を伸ばす。

「ダメ！　これはダメ！　絶対‼」

瞬間。周囲の空間が歪んだ。ヴィヴィアンの、むき出しの威力が解放される。

「——おっと、これは失礼しました。ヴィヴィアン様がこうも感情と力を解放されるとは。それはよほど大切なもの、というわけですか」

「メリザンデ？　まさかあんた、わかってて……」

「ふふふ。どうでしょうね？　しかし、怒ったヴィヴィアン様もまた、素敵ですよ——」

ヴィヴィアンの片方の耳につけられている小さな貝のイヤリング。

樹海にある内陸湖の底からリュートが拾ってきて、ヴィヴィアンのために作ったものだ。

村一番の加工屋リベリオの協力を仰いだにもかかわらず、お世辞にも上手にできたものではない。それでもプレゼントして以来、ヴィヴィアンはそれをいつも身につけ、とても大切に扱っていた。

ヴィヴィアンは泳ぎができないので、珍しかったのだろうと、リュートは納得していた。

「……ならば、リュート殿。あなたの懐に入っているその、美しい円盤はどうでしょうか？」

「円盤？　えっと……これのことですか？」

がさごそと、リュートは懐から、学院で支給された懐中時計を取り出す。

高純度の魔銀製。美しい装飾と、高いマナ加工技術で魔法を付与された、「絶対に狂わない」最高品質の逸品だ。

学院時代の習慣で、常に懐に入れていたが、学院を追われたリュートにとっては特に愛着もない。それに、ポルトス村では時間ではなく太陽と共に活動するので、道具としても必要はない。

もちろん、樹海に入ってから針は回りっぱなしなのだから、ここでも使い道はないときた。

「こんなもので良ければ……。メリザンデさん、どうぞ」

「リュート殿……人に物を渡すときに、そのようなことを言うものではありませんよ？ ふふっ。これはなんとも、珍しい――」

メリザンデの顔が緩む。新しいおもちゃを与えられたかのように懐中時計を撫でてみたり、開閉してみたり。マナを送って盤面の針の動きを止めてみたり、逆に回してみたりして遊ぶ。

そして、最後には首にそれをかけた。

「これ、マルケス。この方たちに蜜を」

マルケスと呼ばれた一匹の蜜ハッチは、空いた六角の一区画をお尻の針で器用に切り取り、リュートの元へと運ぶ。その中には、黄金に輝くハッチの蜜がなみなみと蓄えられている。

「ああ、それと、もう一つの条件として……。いえ、これは頼み、ですね――」

「え？　これっぽっちの蜜でまだ何か要求するの？　ちょっと欲張りすぎじゃない、メリザンデ？」

「全く……ヴィヴィアン様が思うより、ずっと貴重なのですよ、それは。……それに、先ほど申しましたがこれは条件というよりは頼みごとです。たとえリュート殿に断られたとて、蜜を返せなどとは申しませんとも」

「ふーん。なら聞くだけ聞いてみるわ。で、その頼みって？」

「いきなり態度が大きくなりましたね、ヴィヴィアン様……。頼みというのは他でもありません。王台を一つ、預かっていただけないかと思いまして」

王台とは、ハッチの、次期の女王が誕生する床。

樹海の外のハッチと同じ生態ならば、複数王台ができた場合は、互いに戦い、いずれか一匹が新たな女王となるはずだ。

「不憫(ふびん)でしょう？　生まれてすぐに、それも姉妹(しまい)で殺し合いをしなければならないだなんて――」

「……」

リュートは、思わず口を噤(つぐ)む。

「それに、上手に育てることができれば、いつでも蜜を採取する事もできますよ。リュート殿が成そうとしていることに、きっと役に立つはずです」

養蜂は冬の長いポルトスでは難しく、まだ行われていない産業だ。

ハッチの蜜は栄養豊富。殺菌効果などもある。樹海の花の蜜から作られるハッチの蜜ともなれば、まだ未知の、新たな薬の材料としても活用できるかもしれない。

「もちろん、無理にとは言いませんが……。妾の巣を褒めてくださったあなたになら、大事な我が子を預けられると、そう思ったのですよ。その……、実を言うと褒められたのは初めてでしたので……」

消え入るほどの小さな声でメリザンデは呟いた。

「大丈夫。もし羽化せず命を失ってしまったとしても、復讐を企てたりもしませんよ。ええ、多分ですが……ね」

メリザンデの声のトーンが一段下がると、リュートとヴィヴィアンの背筋が凍った。

気づけばマルケスが、先ほどと同じように王台を切り取り、リュートの元へと運んできていた。どうやら、有無を言わせるつもりなどはないらしい。

「さあ、もらう物もらったんだから、早く帰ろうよリュート。ハッチの巣の中って暗くてうるさいから、私もう限界」

蜜の蓄えられた巣の一部を両手に抱え、ヴィヴィアンはさっと反転し、巣の出入り口へと向かった。

▽

「リュート殿」

ぺこりと一礼して、ヴィヴィアンに続こうとしたリュートを、メリザンデが呼び止める。

「……え？」

「ヴィヴィアン様はとてもあなたを慕っておられる様子ですね」

「そう、見えますか？」

「見えますとも」

大きく頷き、メリザンデは即答する。

「ヴィヴィアン様は寂しがりで、それにとても真面目なお方……」

「ええ、知っています」

「自らの介入が樹海のバランスを変えてしまうのではないかと、いつも遠くから我々を見守ってくださる。そんなヴィヴィアン様のことを、樹海に住むほとんどの生命は、お慕い申し上げております。先ほどは無礼をしてしまいましたが、もちろん、我々も。……ふふっ。最近では少し、ヤンチャもしておられるようですけれど」

「それ多分、俺のせいです——」

王台を抱える反対の手で頰をぽりぽりと搔くリュートを見て、メリザンデがクスッと笑った。

「ヴィヴィアン様とのつながりを、どうか大切にしてあげて下さいね。ヴィヴィアン様が明るくなって、殺伐としていた樹海の雰囲気も少し、変わったのですよ」

「ほらー！　リュート、ポルトスに戻るよー!!　もう私、お腹すいちゃった」

「わかったよー！　すぐ行く」

あんな風にね、といわんばかりのメリザンデの視線。リュートとメリザンデは目を合わせ、今度は声を出して笑った。

「それじゃ、メリザンデさん。この子、大切に育てますから」

「当たり前です。妾の大切な子に何かあったら……。わかっていますね？」

「!!　メリザンデさん、さっきと話が——!?　それじゃあ！　また!!」

王台を肩に担ぎそそくさとヴィヴィアンの声のほうへと進むリュートは、兵士たちに深々と礼をされ、見送られるのだった。

# 第九章 ――「友と宴とシチューと塩と」

「ただいま、母さん、ミーア」

一人と一匹が自宅に戻ったのは、もう日が暮れかけた頃だ。

ギィと、木製のドアを開けると、芳醇な、甘い香りが漂ってきた。

少し違うが間違いなく、ミーアの作ったシチューの香りだ。リュートの脳裏には、過去の記憶が蘇ってくる。

リュートの足下ではビビもまた、その香りに恍惚となっているようだ。

「リュート！　お帰り!!」

リュートの姿を見て、反射的にミーアが駆け寄る。

「――!!　ご、ごめんなさい」

そのままの勢いで、リュートに抱きつこうとするが、すんでの所で急停止。

ビビがどす黒いオーラを放っており、通常のマナ機関がないミーアでさえ、それを感じたのかもしれない。

「大っ変！　リュート、足、すりむいてるじゃない⁉　それに、ビビちゃんも‼」

獣道を通り、メリザンデの巣では足を取られた。

ミーアに言われるまで全然気づいていなかったけれど、どうやら何カ所もすりむいたようだ。着ていた服もかなり汚れてしまっている。

「はい、これ、メリーちゃんところの薬、塗っておくとすごーく効くからね」

まるで自宅であるかのように迷うことなく、ミーアは棚から小瓶を取り出してリュートに手渡した。

「ミーア、ありがと」

「それで、ハッチの蜜……どうだった？」

「うん。大変だったけど、なんとか手に入れてきたよ」

樹海の異常なサイズでは、勘ぐられてしまう。

あらかじめ適当な瓶に移し替えておいた少量のハッチ蜜を、ミーアに差し出した。

「綺麗なハッチ蜜……それに、いい匂いがする。すごいねリュート‼　本当にとってきてくれるなんて」

「無理だと思ってた？」

「まーったくよ。ただね、あの時のことをちょっと思い出してて……」

瓶を両手で差し出したリュートの、その手を覆うようにミーアの手が重なる。その小さ
さ、柔らかさと温かさに、リュートの顔がさっと、赤くなった。

「……まあ、究極のシチューのためだよ。あと、近い、と思うよ？」

思わず顔をそらしてしまうリュート。あきれたビビは二人の足下で大あくびだ。

「それじゃあ俺たちは、メリーちゃんの薬を使わせてもらうよ――」

「えっと……それはお部屋で使ってくれると嬉しい、んだけど」

「ご、ごめん！　そうだった！」

その場で薬瓶を開けようとするリュートを、ミーアは慌てて制止した。

リュート達が小さい頃から、何度も世話になっていたからよく知っているが、その効き
目は抜群だ。ただ、それより何より匂いが強烈で、台所で使っては、料理の風味を邪魔し
てしまうことは必至。

「ほらほらミーアちゃん。ハッチ蜜も手に入ったことだから、早速最後の仕上げにかかる
わよ」

「はーい！　じゃあリュート、出来上がるまでまだ少しかかるから、ゆっくり休んでてね」

ミーアはハッチ蜜の入った瓶を大切に抱え、かまどの前へと戻っていった。

▽

夜だ。リュートが目を覚ました頃には、母クレスタとミーアの姿は家の台所にはすでになかった。木造の家のすみずみまで香りだけをしっかりと残し、シチューの大鍋(おおなべ)も姿を消している。

宴まではまだ少し、時間がある。

「祭りでもないのに、おかしいよな?」

ポルトス村では祭りの酒や食事などを、霊峰(れいほう)タッタスの方向、大神アデルと緑の女神(めがみ)ヴィヴィアンに供える習慣があるが、今日はただの歓迎会(かんげいかい)のはずだ。

リュートは、お腹の上で伸(の)びて寝(ね)ているビビをそっと起こす。

ヴィヴィアンならば本来、全く眠(ねむ)らずに過ごせるが、猫(ねこ)の姿になっているからだろうか。ポルトス村でのビビは、隙(すき)があればところかまわずすやすやと、小さな寝息(ねいき)を立てて眠っている。

「ふにゃあぁああ!」

「な、なんで怒ってるんだよ。ヴィヴィアン、絶対に起こしてくれって、そう言ってただろ――痛ぇ!」

余程よい夢でも見ていたのだろう。ビビはリュートを睨み、次の瞬間にはその手に噛みついていた。

「シチューは絶対食べるから！　起こしてね！　連れていってね！　じゃないと――」

食べ物の恨みは恐ろしい、眠る前にそっと同化し、そう言って、リュートは確かに釘を刺されていたはずだ。

前足と後ろ足をぐいっと入念に伸ばし、ひょいっとベッドの上から飛び降りた。どうやらビビも一通りのことを思い出したらしい。

「シチュー、猫舌……。大丈夫なのかな？　ま、きっと神様だから大丈夫なんだろうな」

長い胴体をいっぱいに伸ばして、ドアの取っ手をつかもうとするビビ。

「ぐにゃぁぁあーー!!」

けれどもう少しが届かず、恨めしそうに鳴くのだった。

▽

リュートとビビは一昨日ミーアに誘(さそ)われた通り、村の広場へとやってきた。

広場はちょうどポルトス村の中心にある場所で、見渡す限り何もない、広大な空き地だ。収穫祭(しゅうかくさい)や選挙、それから運動会などの定例行事から結婚式(けっこんしき)など、村の、ほとんどのイベントがこの場所で行われる。

初春の寒さをしのぐために、広場の中心には大きな火が焚(た)かれ、闇夜(やみよ)を照らしている。天に届くほどに伸びる炎(ほのお)の明かりはきっと、村の端(はし)からでも見えるだろう。

近づくほどに明らかになるその宴会(えんかい)は、年に一度の祭りの日のように装飾され、規模も大きく、一個人の歓迎会とはとても思えない程(ほど)だ。けれど、使いまわしの横断幕に荒々(あらあら)しく、そう書かれていたのだから、きっと間違いはない。

ポルトス村の人たちは何より、大勢で騒(さわ)ぐことが大好きだ。例えば親戚(しんせき)の友達の娘(むすめ)のそれまた友達が結婚(けっこん)したとて、盛大(せいだい)に祝うほどに。

リュートの歓迎会とは、騒ぐための、いわば一種の理由付けだ。そうだとわかっていても、リュートにとってはとても嬉しい。

「みんな！　主役のご登場だぞ!!」

誰(だれ)かの叫(さけ)び声(ごえ)に、わあわあと、リュートの周りに人が集まってくる。

「やあ、リュート！　久しぶりだね！　遅(おそ)かったじゃないか！　僕(ぼく)たちなんて、もう夕方から飲んでるんだぞ」

　商人らしく綺麗に髭を剃り、さっぱりした茶色の短髪、長身ですらっとした体型はハンスだ。

　ハンスはリュートやミーアとは同い年で幼なじみ。真っ赤な顔をして、もうすっかり出来上がっている様子でリュートと肩を組む。

「久しぶりだな！　ハンス！　そうそう、これなんだけど――」

　王都との行商を行っているハンスに、鞄に入れて家から持ってきたトマーテの実を渡そうとするが、後ろからリュートの背中をたたく大きな手に遮られた。

「がっはっはァ、お前で通用しないんだったら、仕方ねェってことさァ‼」

「痛ぇええ！　リベリオのおっちゃん！　相変わらず怪力だな……。ちょっとは手加減してくれよ」

「おっとォ、すまねェすまねェ。いーかァリュート！　今日は飲めよォ、飲んで飲んで、いやなことなんてェ、全部忘れちまえ！」

　綺麗に剃られたスキンヘッドに髭を蓄え、屈強な肉体。力一杯リュートの背中をたたいてくるのはリベリオ。

　ジンジンと、たたかれた箇所が痛む。

「そうそう、リベリオのおっちゃんにはこれを――」

大きな体に似合わず、リベリオは村で一番の加工屋だ。大工仕事はもちろん、鍛冶や細工に裁縫まで、何でも器用にこなす。

そんなリベリオには、ロックベアの骨と爪を渡そうとするが、やはりそれもかなわない――

「リュート先輩の良さがわからないなんて、ほんっと王都の連中ってバカなのね！」

リュートとリベリオの間に文字通り首を突っ込んでくるのは、艶のある美しい黒髪を腰のあたりまで伸ばし、黒ぶちの大きな眼鏡をかけたメリー。

「やあ、メリーちゃん！　髪、また伸びたんだね」

「はひぃ!?　リュート先輩、いきなりなんですか！　そりゃあ、四年もあれば、髪くらい伸びますよぉ……」

メリーは手ぐしで髪をとかし、うつむき加減で恥ずかしそうにしている。

リュートよりも二つ年下でまだ若いけれど、調薬の腕は確かで、王都から指名の依頼を受けるほどだ。

そんなメリーにも何か伝えたいことがあったはずなのだけど、もはやエールと葡萄酒の誘惑に勝てそうもない。リュートは、メリーに差し出されたエールのジョッキを素直に受けとると、それをぐいっと傾けた。

「お、リュート！　君もなかなかいい飲みっぷりじゃないか！　王都で鍛えてきたのかい？」

「くはぁー!!　やっぱりポルトス産のエールはうまいな！　これ、王都じゃ高級品でさ、学院の手当をやりくりして飲んでたんだよ」

「知ってるよ？　なんたってエールを王都に卸しているのは僕だからね。言ってくれればリュートにならこっそり流したのに……」

「なっ!?　ハンス！　どうしてそんな大事なことを今更――」

「ほらほら、エールなんて売るほどあるよ！　今夜は飲み放題さ！　じゃんじゃん飲んでくれよー!!　出世払いにしておくからさ」

ハンスが指す先には、直接タップが取り付けられたエールの樽が、屋号紋が描かれた幌馬車に何樽も積まれているのが見えた。

「リュートも飲める歳になって、一緒に飲めるのは嬉しいなァ！　その分、俺ェも歳をとっちまったわけだがなァ！　がっはっはァ!!　ほら、飲め飲めェ!!」

「ちょっとリベリオさん、ハンスさん。邪魔しないでください！　今日は私と飲み比べをするんですよ。ね？　リュート先輩」

「め、メリーちゃん？　一緒に飲めるようになったのは嬉しいんだけど、さすがにちょっと飲み過ぎなんじゃ――」

リュートの首に背後から両腕を回し、とろりとした目をしたメリーは、リュートに今度は葡萄酒の入ったグラスを手渡した。

「だぁ～いじょ～うぶですよぉ。リュート先輩。こぉ～れくらい、私の作った酔い覚ましがあれば――」

言って、懐から小さな丸薬を二つ取り出し、手にもつエールで一緒に飲み込むメリー。

「ほら！　この通りですっ!!」

驚くことに、次の瞬間には呂律も、顔色もすっかり元通りだ。

「メリーちゃん？　それ、新作⁇　今度王都に――」

商人の嗅覚か、どこからか目を輝かせたハンスが現れた。

「おい、メリー嬢。それ、俺にもくれよ！」

「俺も」「俺もだ!!」「私にもちょうだいよ」

様子を見た村人達がわぁっと、メリー（の薬）を取り囲む。

「え、えぇー!!　ちょっと皆さん、お、おさないでぇー!!　これはまだ、しさくー……で

えええええええ!!!!」

押(お)し寄せる人の渦(うず)に、小柄(こがら)なメリーは飲み込まれていった。

「ははっ。相変わらずここは賑(にぎ)やかだろう?」

「……うん。変わらないな」

「リュート、お帰り」

「ハンス。また、頼むよ」

人だかりから離(はな)れ、リュートとハンスは二人、ポルティーウッドで作られたジョッキをコツンと小さくぶつけた。

▽

「お待たせー!! 今日のメインディッシュよー!」

歓声(かんせい)とともに、母クレスタ、それからミーアの両親と一緒に大きな鍋(なべ)を担(にな)うミーアの姿が見えた。

人だかりを割って、一直線、村の中央にある広場のさらに中心部、この日のために石を積んで作られたという仮設の、巨大なかまどへと向かう。

ちょうどよい火加減に保たれたかまどの上に、どかっと勢いよくシチューの大鍋が置かれた。

待ちに待っていたのだろう。驚くほど早く香りにつられてその場の全員が、誘惑の香りを放つその大鍋を取り囲んだ。

「やべぇ！　出遅れた!!　ほら、ハンス、行くぞ――」

となりで談笑していたはずのハンスの姿はとうに無い。

なんとその姿は、ミーアのすぐ横、鍋の一番近いところにあったのだ。

「おい！　抜け駆けするなよな！　ハンス!!」

エールのジョッキをしっかりと持ち、リュートも強引に人の群れを割って進む。気づかれない程度に身体強化の魔法をかけて。

ポルトス森林で獲れたばかりの狩猟肉、特産のムーギをはじめ、大切に育てられた野菜や果物、それから葡萄酒や山羊のバターを使って丁寧に作られた、リュートにとって真のポルトス名物、ミーアのシチューだ。

ミーアが大鍋をひと混ぜすると、香ばしい香りが広場いっぱいに広がった。さらに歓声は大きくなっていく。

特注の大鍋に、海のように大量に作られてはいるが、この人数だ。争奪戦になることは間違いない。もうすでに、あらゆる方向から器が差し出されているのだから。

「うん。仕事の話なんて、明日でいいよな！」

その香りの誘惑に、リュートは完全に敗北する。ちらついていた王都の事やフェリスの姿は、リュートの頭からもうすっかり消えてしまっていた。

リュートも群がる村人と同じく、我先にと、手に持った器をミーアに伸ばす。

「みんな！　どいてよ！　今日はリュートが最初なの!!」

誰も聞いたことのないミーアの怒声。人の波がさっと引いた。

注目の中、リュートは与えられた器から一匙、息をかけ、注目の中、それを口に運ぶ。

「……どう？　かな??」

心配そうに確かめるミーア。沈黙する周囲。言葉が出ない。

「当たり前だろ？　うまいに決まってる……。文句、なしだよ」

次々と、シチューを匙ですくい、口へと運ぶ。

「……でもちょっと、塩味が……つよ……いの、かな??」

リュートの手が止まった。

「えー!?　そんなことないはずだけどなぁ?　おばさんにもちゃーんと味見してもらったし、それに、ハッチの蜜も結構たくさんいれたんだから……。ねえリュート、私にも――」

涙がこぼれる。

ミーアは、リュートの器へと伸ばした手をゆっくりと引いた。

「うん。もっとおいしく作れるようになるから。また食べてね、リュート」

周囲の視線を感じたリュートは、隣にいるハンスの手からエールのジョッキをとり、くいっと傾け、ごまかそうとする。

「俺、帰ってきたんだ……。またこの村に、帰ってこられたんだな――」

呟く。

リュートは背に、出発の時と変わらぬ歓声と熱気を浴びていた。

「お帰り、リュート」

「……ただいま、みんな」

ぱちぱちと爆ぜる薪の音が、深い闇に響く。

宴は、夜が明けるまで続いた——

▽

そんな歓声の陰では、余りの良い香りに我慢ができなくなったのか、こっそりと鍋に首を突っ込み、ビビがシチューに舌を伸ばしていた。

「ぐにゃあぁぁぁぁぁーーーーー!!!!」

案の定、あまりの熱さに絶叫しながら、鍋から遠くに走って去ったのだけれど。

「ま、そうなるよな……。ヴィヴィアン、許せ！　今日、俺は何も見ていない……」

ビビの絶叫に一人気がついたリュートは、そう言いながら新しい器に少し、シチューをすくって、誰にも見つからないようにキープする。

冷めてさえいればきっと、ビビともこの喜びを共有できるはずだ。

その頃、ビビは村を流れる小さな水路で、やけどしてしまった舌を冷やしていた——

# 第十章 「かつてのお話――少年リュートと真っ赤な目をした女神様」

『緑の女神』は孤独だった。

各所の森に存在するその美しい女神は、大神から遣わされた大自然の守護者として、担当の領域から離れることを決して許されない。

「あーあ。今日も退屈だなぁ……」

樹海の雲蜘蛛が編んだ、人が十人は横になれそうな程に巨大なハンモックの上で、ごろりともう一度寝返りをうつ金髪の美少女。

大神アデルのお膝元、霊峰タッタスを中心としたタッタス樹海。そして、さらに広がるポルトス森林をたった一人で見守る『緑の女神』ヴィヴィアンはもちろん、今日も一人。

ヴィヴィアンは大神アデルにこのエリアを任されてから、ずっと孤独に耐えていた。

長い長い時間をかけて一人、森中を歩いた。興味があるうちは、様々な生き物の営みを観察した。どこに何が咲くか、どの月に何が生えるか、じっと見てきた。

けれど、百年くらいが経った頃には興味は尽きてしまった。もう、この森のことなら何でも知っているのだから。

春も、夏も、秋も、冬も、朝も、昼も、夜も。もう五百年もの間、ヴィヴィアンはずっと一人。

もはやほとんど動くこともせず同じ場所に留まり、大自然の移り行く様だけをぼんやりと見ていた。

この樹海はマナが狂っている。他の森とは違う。本当に、外からは何も入ってこないのだ。他の女神の話には友達や、恋人の話までも出てくる。けれど、ここは違う――

刺激のない、退屈な毎日の理由は、そこにあった。

◆◆◆

少し前、何人かの冒険者がタッタス樹海の中にやってきた。

仰々しい装備を身につけ、大げさに名乗りを上げて入ってきたから、とても目立っていた。だからか、珍しくもおぼろげに、ヴィヴィアンはそのことを覚えている。

霊峰タッタスのマナ渦に加えて、大神アデル直々に樹海に強力な結界を張っていることもあって、人間が樹海に入ってくるのはとても珍しい。少なくともヴィヴィアンがここの女神として遣わされてからは初めてのことだ。

彼らが樹海の奥のほうまで行ってくれれば、見世物として良い退屈しのぎになるのではないかと、ヴィヴィアンは期待し、久しぶりに重い腰を上げ、イベントの特等席へと移動する。

「金属の装備なんて、ここでは意味ないのになー……。でもでも、何かすごい魔法とか、かけられてたりして――」

初めての演目に、ヴィヴィアンは心をときめかせた。

しかし、そんな期待とは裏腹に、一行は樹海の入り口のあたりで、一番弱いロックベアにいとも簡単にあしらわれてしまった。すでに、パーティーはほとんど全滅だ。

一人だけ、まだまともにロックベアと渡り合えていた銀髪の青年が、死に瀕した仲間達をかばいきり、辛くも結界の外へと逃れたようだ。

けれど、恐怖に満ちたあの表情、精神はもはや無事ではないだろう。

「別に、助けてあげてもよかったんだけど……。自然の営みにあんまり干渉しちゃいけない決まりだからねー」

呟くだけで行動しなかったのは単に、ヴィヴィアンには、彼らを助ける理由が思い浮かばなかったからだ。
弱肉強食が基本のこの大自然の中では、人間だから、ということなんて、何の理由にもならない。

◆◆◆

ずっとずっと、何も変わらない樹海の中。大木に背を預けて座るヴィヴィアンは、無意識のうちに涙を流していた。
そこに根付いていてもう何年経っただろう。退屈が募ると、どうしてか悲しくなるものだ。こぼれても、こぼれても、溢れる涙は決して枯れない。

「……こ、声!?　人間の、子ども??」

樹海を吹き抜ける風がヴィヴィアンの耳に届けた音。それは全くもって聞き飽きた、木の葉を揺らす音とは明らかに違っていた。

遠くから聞こえてくるのは、幼い人間の声だ。それも、発されるたびに少しずつ大きくなっている。

深いまどろみから瞬時に覚めるほど、ヴィヴィアンが驚くのも無理はない。

タッタス樹海に近いポルトス村には、『緑の女神』の伝説とともに、樹海に住む緑の魔女の童話が語り継がれているのだと、いつか、ヴィヴィアンは大神から聞かされたことがあった。

森に入ると醜い魔女に食べられるとか、呪いで魔物に変えられてしまうとか、そういうありきたりな、取るに足らない内容。それでも効果は十分で、村の子どもなどもう何百年も、樹海の縁に近づいてさえいない。

「でもでも、どうして？　樹海には大神様の結界が張ってあるのに——」

運悪く結界をすり抜け迷い込んだとしても、樹海のもつ強力なマナ渦の影響で、並の人間では方向感覚など、とうに失われているはずだ。それなのに、声の主はヴィヴィアンの座する方向へと真っ直ぐ、確実に近づいてきている。

「嘘!?　嘘でしょ？」

間違いない。うっすらその姿が見えてきた。声の印象のまま、まだあどけない銀髪の少年。

ヴィヴィアンの背後には、ムーンウルフ・シャドウバット・ロックベアといった、鼻のきく樹海の門番たちが、珍しい獲物の放つ魅惑の香りに、ぞろぞろと集まり始めていた。

「どこー？　ねえ!!　どこにいるのー??　おっかしいなー……。確かにこの辺りで聞こえたんだけどなぁ……」

「ええ!?　も、もしかしてあの子！　私のことを探して……？」

「あ！　やっと見つけた!!　もう少しだから、そこで待っててよぉー！　僕、すぐに行くからね!!」

ヴィヴィアンの方を向いて声を張り上げ、右手を真っ直ぐ上げ大きく振ると、少年は脇目も振らずに駆け出した。

「う、ううん、そんなこと、そんなことないはず！　だってだって、私の姿は――」

大自然に完全に同化する『緑の女神』の姿が、人間に認識できるはずはない。

「でもでも、とにかく姿を変えないと！　えっとえっと、あの子と同じくらいに調整して――」

起こるはずのないことの連続に、達観の境地に至ったはずのヴィヴィアンは、すっかり動揺していた。

「……はぁ、はぁ。やっと見つけたよぉ!!　ねえねえお姉ちゃん！　どうしてそんなに泣いてるの？　何があったのか、僕に話してみてっ！」

ヴィヴィアンがはっと我に返ると、目線を合わせるようにかがむ少年の姿が、もう目の前にあった。

艶のある美しい銀色の髪、まん丸に輝く深い緑の瞳が、明るい声とは裏腹に、ヴィヴィアンの顔を心配そうにみつめている。

「な、なな、泣いて⁉　私、泣いてなんて――」

少年の指摘に、ヴィヴィアンは小指でそっと目尻に触れた。

指に伝わるのはしっとりとした感触だ、もう何年も、絶えず涙を流していたはずなのに、ヴィヴィアン自身、自分が泣いていたことを認識してはいなかったらしい。

「ははは！　ひどい顔だね、お姉ちゃん！　せっかく美人さんなのに、真っ赤な目をしてさ。それに、そんなに何本も涙の跡が付いてたら、台無しだよ！」

「ふぇっ⁉　なっ、なな――」

不意を突く、少年のませた言葉に、ヴィヴィアンの頬はぼっと赤くなる。

「そうだ‼　お姉ちゃん、ちょっと待っててね」

言って、少年は、肩掛けの小さな皮の鞄から、几帳面に畳まれたハンカチを取り出すと、優しくヴィヴィアンの頬を拭った。

「……あ、あれ？　おっかしいなぁ？　全然取れないや」

「……くすっ。君、大人ぶっても全然ダメなのね？　そんな乾いた布で、取れるわけないでしょ？　あ！　いたっ、痛いって！」

ごしごしと、次第に力強くなる少年の手の動き。堪らずヴィヴィアンはその腕を掴んで制止した。

「もう！　そんなに強く擦ったら、お肌が傷んじゃうでしょ」

「ご、ごめんなさい！　ううう……。そうかぁ、そうだよね。僕、お父さんに教わったとおりに出来たと思ったんだけどなぁ」

「いいの、いいのよ。それにしても君のお父さんって、とっても格好つけなんだね？」

「うん！　お母さんも、ミーアちゃんのお母さんもそう言ってた！　……あとは、エルザさんとかね、みんな、みーんなにそう言われてるよっ！」

「ふふっ。その人達、きっと苦労しているのね。ところで君？　……怖く、ないの？」

「怖い？　怖いって、どうして??」

ため息をつき、左右にゆっくり首を振ると、ヴィヴィアンは人差し指を立てて唇の前にやった。

「……呆れた。いい？　ゆっくり、ゆっくりよ。周りをゆっくり確認してみて？　絶対に声を出しちゃ、ダメだからね？」

「え？　周り？」

大きな目をさらに大きくして、頭の上にいくつものはてなを浮かべた少年は、ヴィヴィアンに促されるままに立ち上がると、首を動かし辺りをゆっくり見渡す――


「う、うわぁぁあ!!」


叫び声とともに、腐葉土が積もる大地に、でんと尻餅をつく少年。

驚くのも無理はない。いつの間にか、樹海の巨大な魔物達が、ぐるりと二人の周りを取り囲んでいたのだ。

少年にとっては、ポルトス森林の魔物ですら、見上げるほどに大きいだろう。その数倍もの大きさがある樹海の魔物は、一体一体がきっと、物見塔のようにそびえ立っているはずだ。

「もう。大声出しちゃダメだって言ったでしょ？　でも、これで分かったわよね？　ロックベアに、ムーンウルフ……。君はね、ここの獣にすっかり獲物にされているの」

「う、ううう……」

「でも安心して。私が君を、ここから逃がしてあげ――」

どこか残念そうに少し俯きながら、ヴィヴィアンは小さく呟いた。

「そうか！　分かったよ！　お姉ちゃんが泣いていた理由!!　魔物に囲まれて怖かったんだね！」

体を起こし、パンと手を叩くと少年は、ぱあっと明るい笑顔になった。ヴィヴィアンにとってはまるで、心の奥底に木漏れ日がようやく届いたかのように。

「ふぇ!?　い、いやいやいや、私は怖がってなんて――」

「もう大丈夫だよ！　僕の力じゃ、魔物なんて倒せないけど、お姉ちゃんが逃げる時間なら、何とか作ってみせるから!!」

ヴィヴィアンの両肩を、がしっと掴む少年。

腰を抜かして怯えた先ほどの様子からは全く想像できないほどに、力強い眼差しを真っ直ぐヴィヴィアンに向け、語気を強めていく。

「に、逃げるって、私が？」

「えっーとねぇ……この中に、お父さんに教わって作っておいた閃光玉があるはずなんだ」

言いながら、ガサゴソと、少年は鞄を探り始めた。

「え!?　君にもここがどこかは分かっているんでしょ？　せ、閃光玉だなんて、そんな子ども騙しでどうにかなるわけないっていうことも！」

「……うん、知ってるよ。ここはタッタス樹海だよね？　村の大人達から怖いお話もいっぱい聞いたし、村で一番強い父さんでも、近づいたことのない場所なんだって」

「だったら――」

「お姉ちゃんはここに迷い込んで、怖かったんだよね？　あんなに泣いていたんだもの。きっと、今の僕なんかよりもずっと怖くって、とっても悲しかったんだ」

少年は、今度は温かくニコッと笑う。

「ち、違うの。だから、違うんだって！」

「女の子が泣いていたら、絶対に一人にしちゃいけないって、お父さんに何回も教わったんだ！　僕ね、知ってるんだよ。お姉ちゃんがここで何年も、一人で泣いていたこと――」

「嘘⁉」

「遅くなってごめんね。僕、ずっと探していたんだ。だから、お姉ちゃんのこと、放ってなんて……っと、あったあった！」

「……何年も？　ずっとずっと、私を⁇」

「お姉ちゃん、いい？　僕が合図をしたら、走って逃げるんだよ。頭がぐるぐるしててよく分からないんだけど、ポルトス村は多分あっちの方向。閃光玉を使ったら、僕はこっちの誘引香を使って獣を引き寄せるから、その隙に――」

左手にポルトス森林の虫や樹液、木の実といった素材で拵えた閃光玉を持つ少年は、懐からポルトスの猟師が使う、獣寄せの香を取り出した。

小さな手にもつ小瓶の中には、さざ波が立つ。

「バカね……。こんなに震えちゃって。いい？　格好つけるときは、最後までビシッとつける！　……君のお父さんもきっと、そう言っていたでしょ？」

口元をほころばせ、慈しむような眼差しで少年を見つめるヴィヴィアンが、今度は反対に少年の両肩を優しく掴んだ。

その掌にははっきりと、少年の恐怖による震えが伝わってくる。

「お、お姉ちゃん？　危ないよ？」

「大丈夫。お姉ちゃんは、お姉ちゃんなんだから！　君が心配するにはえっと……そうね、ふふっ。五百年は早いかな？」

笑みを浮かべたヴィヴィアンがすくっと立ち上がると、その体から、まばゆい光が放たれた。

「お、お姉ちゃん？」

「退きなさい!!　この者は私の大切な……。え、えっとぉ……そう！　お、お友達なのよ!!」

ほんのり頬を赤らめたヴィヴィアンが、さっと右腕を水平に振る。

次の瞬間、辺りを取り囲んでいた獣たちは、背筋を伸ばしてさっと殺気を鎮め、何かにおびえるように、森の奥へと逃げ去っていった。

「え？　え⁇　えーっ⁉　もしかして今の、お姉ちゃんが……」

巨大な魔物達の姿はすぐに見えなくなり、樹海に再び静寂が訪れる。

閃光玉と誘引香を手に持ったその格好のまま、青い顔をした少年が、ゆっくりと口を開いた。

「……うん。そうよ。怖かったでしょ？　私はね、樹海に住んでいるとっても醜い『緑の魔女』。だから、君も早くここから――」

そんな少年の表情を見たヴィヴィアンは、目を伏せ、小さく呟いた。

「凄い！　凄いよお姉ちゃん！　マナの放出だけであんなにおっきい魔物を追い払うなんて！　きっと……ううん、絶対にお父さんより強いや‼」

「ふぇ⁉　ま、マナ⁇」

閃光玉と誘引香を放り投げ、興奮のままに少年は、空いた両手でヴィヴィアンの右手を掴むと、ぶんぶんと上下に大きく何度も振った。その大きな瞳を、キラキラと輝かせて。

「ありがとう、お姉ちゃん！　僕はリュートだよ‼　お姉ちゃんの名前は？」

「え⁉　……わ、私は、ヴィヴィアン」

「ヴィヴィアンお姉ちゃん！　じゃあ――」「あのね、リュート君――」

「今度また、一緒に遊ぼうよ！」「私の友達になって‼」


自然と声が重なった。

それから目を合わせ、二人はお腹を抱えて大きな声で笑った。


「……はは、ははは。ありがとね、リュート君。さっきの、私を守ろうとしてくれたリュート君、とっても格好よかったよ？　多分ね、リュート君のお父さんよりも」

「ううん！　ヴィヴィアンお姉ちゃんの方が、ずっと、ずっとだよ！　まるで緑の女神様みたいだった！　女神様のお名前、忘れちゃったけど」

「緑の……女神様かぁ」

「でもね。いつかきっと僕、お姉ちゃんを守れるくらいに強くなるってみせるから！」

「……くすっ。楽しみにしているわね。リュート君」

それから、二人は毎日のように樹海の中を駆け回った。

ヴィヴィアンの、数百年にもわたる孤独を終わらせたのが、リュート少年だったのだ。

◆ ◆ ◆

「俺、王都に行って、国を守る魔法使いになるよ」

リュートがあの時のように真っ直ぐ、王都の方向を向いてそう言った時、ヴィヴィアンは本当に悲しかった。

何の前触れもなかったわけではない。ヴィヴィアンも本当はこうなることがわかっていた。

人の世は複雑だ。夢や希望があり、国や社会がある。

神に比べて、寿命がずっと短い人族であるリュートといつまでも一緒にいられないことくらいは、ヴィヴィアンにはとうにわかっていた。

だからこそ、本当に悲しかったけど、リュートのことをせめて笑顔で送り出すことをヴイヴィアンは決めた。それがリュートのためになるのだと、信じていた。
本当なら、いつでもリュートの側にいて、なんでも手伝いをしたかったけれど。それでも、それは決して叶(かな)わない夢だ。ヴィヴィアンは、『緑の女神』なのだから。
あの時とは違う涙を流してそれを振り払い、思い切ってリュートの背中を力一杯押した
――

# 第十一章 ――「二日酔いな親友とトマーテの新たな効果」

「うう……頭、いったいなぁ。おまけに胃も気持ち悪いし――」

ベッドサイドのピッチャーからグラスに汲み置きの湧き水を注ぎ、勢いよく飲み干す。

大宴会から一夜が明け、リュートは自室で目を覚ました。どうやって帰ってきたのか、いつからここにいるのかさえ、全く思い出せない。

気がついたときには広場からいなくなっていたビビも、リュートの布団の上で伸び、すうすうと寝息を立てている。

雨が板葺きの屋根を突く音が聞こえる。雨量はかなりありそうだ。

急ぎの農作業も、まだ収穫するものもない春の雨の日は、ポルトス村の農業は休みとなる。

念のため、窓の外を確認するが、やはり、農作業などできるような天気ではない。母クレスタもそう考えているのか、朝の時間帯にしては家が静かだ。

「雨か……。これだけ降っていたら農作業はできないだろうし、ちょうどいいか。ハンスのところにトマーテをもっていこうかな。……昨日はそれどころじゃなかったから」

昨夜はお祭り好きの村人達が大勢で賑やかに、リュートのところへは代わる代わる友人達がジョッキをぶつけに来たものだから、とてもハンスとゆっくり仕事の話をできるような状況ではなかった。

二日酔いで頭は痛いけれど、せっかく収穫したトマーテを腐らせてしまってはもったいない。

そう思ってリュートはフード付きのコートを羽織り、トマーテの実を一つ、ポーチに入れる。小さいトマーテを選んだがそれでも、もうポーチは一杯だ。

ハンスの家は、リュートの家の二軒隣。隣とはいっても、王都のように十歩歩けば隣の家、ということはない。

ポルトス村の民家周りには大抵、その家所有の広大な農地がある。そういうわけで家同士の移動だけでもかなり大変だ。

静かな家の、玄関の扉をそうっと開ける。ビビは眠たそうに、それでもリュートの足下に寄り添っていた。

▽

「おーい……ハンスぅ……」

自宅の軒下（のきした）にあるベンチに、ハンスは座っていた。どうにも苦しそうに両手で頭を抱えている。

「……ああ、リュートか。昨日は……盛り上がったね……」

ハンスはひとたび頭をあげ、リュートを一瞥（いちべつ）して手を上げたが、すぐにまたうなだれた。

「その様子だと、やっぱりハンスも二日酔いか？」

「昨日は、どうも飲みすぎてしまったみたいだね……ははは。いや、昨日の話でもないかな。僕（ぼく）は、ついさっきまで飲んでいたようだからね」

「俺さ、ミーアのシチューを食べたくらいから記憶（きおく）が曖昧（あいまい）なんだよ……」

「奇遇（きぐう）だね、リュート。僕もなんだ」

「はぁぁぁ……」「ふぅーー……」

昨夜の、数々の失態を思い出してきたのか、二人は同時に深いため息をつく。

「今日は頼みがあって来たんだけど、それどころじゃなさそうだな。……また来るよハンス、ゆっくり休めよ」

リュートはハンスの隣におろした腰を上げ、トマーテの入ったポーチを再び手にとり、立ち去ろうとした。

「ちょっと待ってリュート。その頼みってのは……もしかして、儲け話？」

ハンスは、頭を押さえた反対の手で、ちょこんとリュートの服の裾をつまんで制止させた。

先ほどとは完全に、ハンスの目つきは変わっている。

視線から、どうやらリュートのポーチからのぞく真っ赤なトマーテの実が見えたらしい。

何代も続く商人の家に生まれただけあって、ハンスは昔から、そういう鼻がとにかく利く。

「儲け話……になるのかはわからないけど。うちの畑で新しい野菜が獲れたからさ。よかったら、今度の行商に持って行ってもらおうかと思って」

「新しい野菜だって⁉　……この、春の季節に？」

「あ、いや……。これは村への帰り道に偶然見つけたっていうか――」

「おっと、愚問だったね。確か、リュートは昔から、どこからか変な物見つけてきてたっけ」

「どうだったかな?」

「……で、その新しい野菜っていうのが、そのポーチに入ってる赤い実かい? 一つ、食べさせてくれよ。売り物になるかは、食べてみないことにはわからないからね」

よほど気になるのか、さっきからハンスはリュートが手に持ったポーチをじっと見つめている。

「おいおいハンス。食べるってお前、二日酔い、大丈夫なのか? ……ほら、戻すなよ」

リュートは、ハンスの両手に、大きなトマーテの実を乗せた。

「へぇ、思ったよりも大きいな……。なあリュート、これって、このまま食べるのかい?」

「俺はほかに食べ方を知らないからなぁ……。昨日、ミーアはシチューに入れていたみたいだけど」

リュートは肩をすくめた。

「にゃ!」

いつの間にかベンチに座ったビビも小さく「そうだよ」と鳴く。

「ははっ! ビビちゃんが言うなら、間違いないね。しっかし、立派な実だな。蜜リーンゴとも違うし……。これなら観賞用としても面白いかも――」

トマーテを舐めるように観察し、少しためらって、息を吐く。それからハンスは意を決してトマーテにかぶりついた。

「ん……ン……なんだこれ？　甘いし、ほんのりすっぱくて、ジューシー……うまい！それに……」

トマーテを一通り味わって飲み込むと、ハンスはすっと、何の不調もなかったかのようにすくっと立ち上がった。

「なあ、リュート！　頭痛が、頭痛がすっかり無くなったよ！」

真っ青だったはずの顔色も、すっかり元に戻っている。

「いやいや、いくら何でも、そんな効果あるはずないだろ……。確かにトマーテには、緑のマナがたっぷり蓄積されているけど――」

「嘘じゃないって！　ほら、リュートも試してみなよ!!」

ハンスは、一口かじったトマーテをリュートに手渡す。リュートは両手で受けとり、その反対側から一口食べてみる。

「あれ？　ほんとだ……」

驚いたことに、リュートの、あれだけひどかった頭痛も、胃のもたれも瞬時に癒えた。

「な？　すごいだろ⁉　これって大発見なんじゃないか⁇」

思わず二人で首をぶんぶんと振ったり、ぐるりと回してみたりして、笑う。

「でも待てよハンス。トマーテにそんな効果があるんだったら、ミーアのシチューにだってトマーテは入って――」

「それは……。そうだね、きっとミーアは気遣いのできるやつだって、そういうことさ」

「へ⁇」

さも当然のように言い放つハンスだが、リュートには心当たりがない。加熱することで、トマーテ本来が持つ効果が失われてしまうとでもいうのだろうか。確かに、試してみたことはないが。

「そんなことよりリュート、この野菜、トマーテっていったっけ？　これはすごいぞ！　僕も行商は長いから、これでも大陸中の野菜を見てきたんだ。でもさ、このトマーテっていうのは……。この味、食感、それから効能、こんなの初めてだって！」

興奮した様子のハンスは、リュートの両肩をがっしり掴んで力強く前後に揺らし、なおも捲し立てる。

「それに、こう……薬でもないのに、はっきりとした効果のある野菜っていうのは、見たことも聞いたこともない‼」

「そうなのか？　マナポーションの代わりになれば、とは思ってい――」

「なあ、リュート！　これはどこに売るつもりなんだ？　王室か？　いや、あそこの財政は今苦しいか……。　なら、貴族の屋敷か!?　うんうん、あいつらならいくらでも出すぞ！」

　食い気味に話す商売モードのハンスは、トマーテという新商品の魅力に、すっかり取り憑かれてしまっている様子だ。

「……いや、ハンス。トマーテは、魔法学院に持って行ってほしいんだ」

「ま、魔法学院だってぇ？　正気か、リュート??　あそこにはもうあまり余裕がないって聞くぞ??　それに……その、リュートを追い出したところじゃ――」

　リュートは、思わずハンスから顔を逸らした。

「ああ、なるほど!!　せめて金をふんだくってやろうってわけだね？　いいねいいね、乗ったよ！　そういう商談は僕、一番得意だからね！」

「そういうのじゃないって。そもそも、ゲートの魔物にやられて国が倒れたら、ハンスも商売どころじゃなくなるだろ？」

「ゲート？　なるほど……わかった、狙いはマナだな！　うんうん、供給が不安定でおまけに不味いマナポーションより、確かにずっとよさそうだ。分かったよリュート。魔法軍や魔法学院に高値で売りつけようって魂胆――」

「だ、か、ら。そういう下心はないんだって！　ハンス、とりあえずは頼むよ。お試し、ってことで、少しでも安く納品してきてほしいんだ」

「はぁ……。少しは商売っ気だそうよリュート。これだけの商品、そうは見つからないって……」

残念そうにするハンスだが、リュートの態度は変わらない。

やれやれと、折れないリュートにハンスはようやくあきらめ、力なくベンチに座り直した。

「わかったよ。ただし利益は折半だ。売値は僕に任せてくれよ？　リュート、君の意志は理解したから、吹っ掛けたりはしない。約束する」

「助かるよ。やっぱりお前はいい奴だな。ハンス」

「……リュートには敵わないや。ところでこれ、数はどれだけあるんだい？」

「数？　……そうだなぁ。半分は種を採りたいからなぁ……。それだと、今は三百個くらいかな。でも、旬の夏になったら安定して供給できると思う」

「三百か……いいね。それに、長期契約も可能ってことだな……。こりゃ、王都に行くのが楽しみだ。豪遊して帰ってこられるぞ！」

またしても立ち上がり、小さくガッツポーズをするハンス。

「おいおいハンス……約束、守ってくれよ？」

ハンスのあまりの昂揚っぷりに、リュートは少し不安になってしまう。

「生ものは鮮度が命だからね。今日の馬車に乗せて出発するよ！」

「今日⁉　相変わらずせっかちだな。ハンスは」

「二日酔いも治ったからね。何より、これだけの商品だ。早くお客の反応を見たくてうずうずするよ。久々に商人の血が騒ぐって！」

すっかり調子を取り戻したハンスは、勢いよく自宅のドアを開けた。


扉の向こうからは、次々と羊皮紙をめくる威勢のよい音が聞こえてきた。どうやら早速、商いの支度をはじめたようだ。

# 第十二章 「王都で話題な魔女とカクシゴト」

「リュートせんぱぁぁーーーーーーーいぃぃ!!」

ハンスの家を後にし、自宅へと戻る途中のリュートに、バシャバシャと水溜りの水を跳ね上げる音とともに元気の良い声が、勢いよく近づいてくる。

篠突く雨の音にも負けないほどの大声で叫びながら駆け寄ってくるのは、間違いない、魔女のメリーだ。

「……はあ、はあ、はあ。おはようございます……リュート先輩」

「お、おはよう、メリーちゃん。どうしたの？　そんなに慌ててさ」

雨の中を、長い間走ってきたのだろう。この場所からメリーの家までは、かなりの距離がある。

いつも身につけているフード付きの、真っ黒いローブは濡れ、所々に泥汚れさえ見えた。

メリーはまだ、ぜえぜえと息を切らしている。

「はあ……、昨日……はあ……リュート先輩が広場に忘れていったカバンを、預かっておいたんですけど……」

「カバン？　カバンならここにあるけど？」

リュートは、先ほどまでトマーテで満たされていたポーチをメリーに見せた。

「それじゃなくて、こっちですよ！」

「ああ、そういえばそのカバン、今朝見なかったな。預かっておいてくれたんだ。ありがとう、メリーちゃん」

メリーが手に持っているのはリュートが長い間愛用している、見慣れた皮の肩掛けカバン。

どうやら酔いつぶれたリュートが昨夜、広場に忘れていったらしい。

「いえいえ、どういたしまして——じゃなくって、リュート先輩！　問題はこれですよ!!」

受け取ろうと伸ばしたリュートの手をひょいっと躱すようにカバンを自らの近くに引き寄せ、その中からメリーが取り出したのは、リュートが先日、樹海で手に入れたロックベアの胆嚢だ。

何かの薬の材料になるのではないかと思い、魔女のメリーか、村唯一の医師であるマクシミリアンに渡そうと昨夜、広場に持って行ったことを、リュートは思い出した。

「えっと……。勝手に中を見たことは謝(あやま)ります。あまりの量のマナに私、気持ちが悪くなっちゃって――」

　薬に包んで放(ほう)り込んでおいたどす黒いロックベアの胆嚢は、確かに樹海の濃密(のうみつ)なマナを漂(ただよ)わせている。魔力(まりょく)の強い者なら、その影響で調子が悪くなることも、十分にあるだろう。

「あとは……はい、好奇心(こうきしん)、です。ゴメンなさい」

　メリーは、すまない、とぺこり頭を下げ、同時に片手を上げた。

「ん？　ああ、そんなことはいいって。カバンのこと、今まで完全に忘れてたから……助かったよ」

　リュートはかなり深酒をしたようで、ミーアのシチューを食べた後くらいからの記憶がほとんどなかった。一度手から離(はな)れたカバンのことなど、覚えているはずもない。

「先輩のお役に立ててよかったです……。じゃなくって！　これですよ、これ！　これは何なのかって聞いているんです!!」

　メリーはリュートの鼻先に、鷲掴みにしたロックベアの胆嚢を突きつけた。

「……ん？　それはロックベアの胆嚢だよ。薬の素材によく使われるって聞くからとっておいたんだけど……。メリーちゃんはよく知ってるだろ？」

「リュート先輩？　からかわないでください！　これでも私、魔女(まじょ)やって長いんです。そ

「すいませんね、こんなのじゃ騙されません！」

「騙すって……？　俺、そんなつもりじゃ――――」

「す、すいません……でも先輩！　これのどこがロックベアの胆嚢だっていうんですか!!　大きさも、魔力の量も質も、全然違います!!」

メリーは、「何を言っているんですか？」とばかりに、リュートにすごい剣幕で捲し立てた。

普段からバイタリティ溢れるメリーだが、薬のこととなると輪をかけて、とにかく情熱的になるというのは、ポルトス村では有名な話。

「え？　そうなの？　まあ確かに大きさは……ちょっと違うかな」

かつてリュートが父と狩りに出かけたときのことだ。ロックベアの解体の方法を教わると共に、その胆嚢を見せてもらったことがあった。

曖昧な記憶ではあったが、リュートは脳内でそれと比較してみる。

樹海のロックベアの体躯がずっと大きいせいか、確かに胆嚢の大きさも随分違う。

魔力のことは、当時はよくわからなかったが、それでも、気分が悪くなるほどのことはなかった。

そもそも、生の、熊の胆嚢など、滅多にお目にかかることはない。

「先輩！　一体コレ、どこで獲ってきたんですか？」

「へ!?　そりゃあじゅ――森だよ、森！　帰り道で――」

「ふぅん……。じゃあ、なんていう魔物からとれるんですか？」

「いやいや、だから……ロックベアだって」

ロックベアの胆嚢を手に持ち、ぐいぐいとリュートに詰め寄るメリー。

強烈な臭いから逃げるように「事実だから」と、メリーを両手で制止しながら、困ったようにリュートは答える。

「あぁー!!　もういいです！　教えてくれる気がないならもういいです」

「そんなつもりはないんだけどなぁ……」

「まあ、先輩にもカクシたいことの一つや二つ、あるんでしょうから。私、これでも魔女なんで、よーくわかります」

がしゃがしゃと、きれいな黒の長髪を掻きむしり、あきれたようにメリーは言った。

薬のこととなると、我が道を突っ走るメリーの、その昔と変わらない様子に、リュートは思わず苦笑する。

「むぅぅ……。今、笑いましたね、先輩。これでも私――」

「『ポルトス村の若き魔星』……だろ？」

それは、王都でメリーにつけられた二つ名だ。

いつでも身につけている、魔女業界の流行りに反した漆黒のローブと、当時十七歳という、魔女としては異例の若さからそう名付けられたと、いつかリュートは聞いた。

「⁉　せ、先輩、どうしてそのことを？」

「俺、これでも四年、ヴェデーレ魔法学院にいたんだよ。今はもう、魔法関係者でメリーちゃんのこと、知らない方が珍しいんじゃないかな？」

「はえっ⁉」

恥ずかしそうに俯き、メリーは空いた片手でフードを深く被り直した。

「あ、あの……先輩……。これ、譲っていただけませんか？」

「いいよ。もともとそのつもり――」

「このマナの質なら、もしかしたら、あの伝説の万能薬だって作れるかもしれません‼」

興奮した様子で、メリーはロックベアの胆嚢をさらに振り回す。

リュートはそれを、あまり期待はせずに持って帰ってきたので、メリーの興奮のしようには、正直面食らってしまっていた。

「え？　万能薬……って？」

通常、ロックベアの胆嚢からは風邪薬とか、胃薬なんかが作れる程度だと聞く。リュートが風邪をひいた時などには、父によくそれを飲まされた。

その効果ははっきりと分かるものであったが、あまりの苦さに悶絶したものだ。

「万能薬を知らないんですかぁ⁉　リュート先輩……？　ヴェデーレ魔法学院まで行って、一体何を勉強して……」

メリーは深くため息を吐き、呆れたように肩をすくめた。

「いやぁ……薬のことは、科が違ってさ。よくわからないっていうか——」

「はあ……万能薬っていうのはですね。毒・呪い・やけどに麻痺……とにかく、魔物由来の状態異常全般。極端に言えば、死んでさえいなければ、何でも治しちゃう薬なんですよ」

「それはすごいな……。でもさ、伝説ってことは、メリーちゃん？」

「……はい。お察しの通りです。でも、製法は、一応残っているんです。レシピには見たことも聞いたこともないような素材がずらりと並んでいますけど……。誰も見たことも、作ったこともももちろんない薬です。だから伝説。イタズラで適当に書いたとか、妄想で書いたんじゃないかって、魔女の中でもそう言われています」

メリーは、ゆっくりと首を左右に振る。

「でもね、先輩！『魔女マリクの調剤大全』にデタラメが書いてあるなんて、私にはとても思えないんです！」

勢いよく顔を上げると、ほんのり顔を赤くして興奮状態のメリーが、さらに語気を強めた。

「この素材、えっと……先輩があくまで『ロックベアの胆嚢』と言い張るこの素材なら、万能薬そのものとはいかないまでも、かなり近い薬が作れるかもしれないんです！」

「それだとゲートとの戦いにも、役立ちそうだね。それにしても、薬かぁ……。メリーちゃんには悪いけど、俺、学院で使った薬には、あんまりいい思い出がないんだよ」

苦い過去を思い出し、リュートは思わず眉をひそめる。

リュートも学院で、魔女の調合した薬を使ったことはあった。

けれど、どれも特効的なものではなく、治療の白魔法と併用しなければ十分な効果が得られないものばかり。

悪いものには、望まない副効果のほうが顕著に出るものすらある。他でもない、リュートもその被害者の一人だ。

「薬には頼るなって。模擬戦とか演習でも怪我をしないように、状態異常にかからないようにいつも注意されていたからさ——」

「リュート先輩？　いくら先輩でも怒りますよ？　そんな薬もどきと一緒にしないでください！　きっとすっごいの作ってみせます！　だから先輩——」

メリーは二つ名がつくほどの優秀な魔女で、彼女の作る薬は、村の評判であるばかりではなく、王都にもリピーターがたくさんいる。

そして、彼女はほとんどの魔女とは違って、お金にはまるで興味がなかった。

研究への情熱や知的好奇心で様々な薬を作ることを生きがいとしている。研究者とか、探求者とか、メリーはそういったタイプの魔女だ。

「メリーちゃんにあげるよ、それ」

「ですよね。いくら先輩と私との関係が深いとはいっても……。はぇっ!? こんな貴重な素材をあっさりと！」

メリーは拍子抜けしたのか、脱力し、ロックベアの胆嚢をぶらんとぶら下げている。

「だ、だだ、代金は?? 研究がうまくいったら、いくらでも湧いてくると思いますけど。これほどの物となると――」

語気を弱めながらメリーは恐る恐る、上目遣いでリュートに問いかけた。

「うーん……ポルトスでは、お金はあまり使い道がないからなぁ……。そうだ！ だったら、完成した万能薬を少し分けてくれれば、それでいいよ」

妙案とばかりに、ぽんとリュートは手を叩く。

「ありがとうございます、リュート先輩！ 私、頑張りますね！」

ぱあっと笑顔になるメリー。四年の間に随分大人びたがそれでも、笑顔にまだあどけなさも残っている。

「ああ。薬の完成、楽しみにしているよ。『若き魔星』さん」

「もう！　からかわないでください！　それ、結構恥ずかしいんですよ。いつまで経っても慣れなくて……」

「そうなの？　二つ名がつくなんて、誇らしいことだろ？」

「わ、私は別に！　でも、王都でリュート先輩に思い出してもらえていたのなら、それはそれで――」

消え入るような声で、メリーは呟いた。

「え？　メリーちゃん、何か言った??」

「なんでもありません！　あの……実は、もう少し数が欲しいんです。リュート先輩ならこれ、また取ってこられるんですよね？」

「ああ、それは大丈夫。ロックベアを探したり、皮をはいで血を抜いたり……結構手間がかかるから、一度にたくさんってわけにはいかないけど」

「ロックベア……。はぁ、もうわかりました。このサイズだと……そうですね、研究用に、万能薬の製造用……とりあえずあと三つ、お願いしてもいいですか？」

「三つだね。わかった、近いうちに用意しておくよ。熊肉も母さんから沢山届くと思うから、覚悟しておいて、メリーちゃん」

「ありがとうございます、リュート先輩！　早速取り掛かってみます！　あと三つですよ、お願いしますね！」

胆嚢を取り出したカバンをぐいっとリュートの胸に押しつけ、メリーは雨の中、フードも被らずに元来た道を、さっきよりもさらに元気よく走り去っていった。

# 第十三章——「獅子奮迅なフェリスとヒマーリーの花飾り」

『『カンカンカン……カンカンカンカン』』

真夜中の静寂をつんざく音に、布団をかぶって眠るフェリスは思わず、両手で耳を塞いだ。

王立ヴェデーレ魔法学院中に、緊急事態を知らせる鐘が鳴り響く。

魔法で、鐘の音は魔法学院中に聞こえるようになっているのだが、石造りの小さな部屋では幾重にも跳ね返って重なる。

フェリスの耳に飛び込んでくる頃には、ひときわ不快な音となっている、というわけだ。

「……んもぅ…うるさい——」

薄目に見えるのは月明かり。外はまだ暗い。

下の階では、上級生が鎧を装着しているのだろうか、がちゃりガチャリと、金属のこすれる音がする。

いよいよ、窓の外から馬の蹄鉄が石畳と合わさる音が聞こえはじめた。すでに学院全体が慌ただしく動いているようだ。

「フェリス!!」

バンと大きな音を立て勢いよく扉を開けて叫ぶのは、フェリスにとっては見慣れた顔、僚友のラウラだ。

「五年生も出動だって!! ほら、フェリス、早く起きて! ……ほんと、あんたってこのやかましい中で、よく眠っていられるわね」

「ふぁーーぁあ。おはようラウラ……。出動……またなのか。今月に入って、もう何回目だ?」

「そうねぇ、確か一、二……って、そんなの覚えてないわよ!」

一月の出動の回数を、指折り数えるラウラ。しかし、今は月末ということもあって数が多く、それも途中で諦めたらしい。

リュートが王都を去って一ヶ月あまり。異界から魔物を生み出すゲートの発生頻度は明らかに高くなっていた。

「そんなことよりフェリス、早く準備してよ！　わかっているでしょ？　あんたがいるのといないのとじゃ、被害が全然違うんだから」

「ふぁーーぃ……。わかったわかった」

「ほんとうにわかってるの？　あんたを呼び出したいがための招集みたいなものなんだから。早く行きましょ？　この鐘の音、うるさくって私嫌いなのよ。外の方が、まだましだって――」

　言いながら、ラウラはぽいぽいと、クローゼットにしまわれたフェリスの装備を放り投げていく。

「ちょ、ちょっと待てラウラ、自分でやるから雑に扱わないでくれ！」

　魔法が付与された軽鎧に革のブーツ、それから鞘に入った剣など、放り投げられたはずのフェリスの装備は、ラウラの魔法で誘導され、順にフェリスの眼前に積み上げられていく。

「……お見事」

　フェリスは指先を合わせ、小さく手を叩いた。

「どうせなら、着付けまでやってくれるとありがたいんだがな？」

「はぁ……。わがまま言わないで。ほら、早く装備！　ゲートなんてさっさと片付けて、とっとと帰ってきましょうよ。この時間からの出動だと、今日の授業はなくなるでしょうから……。今日も昼から一杯やれるわよー!!」

声を張り上げると、見えないジョッキを、ラウラは高く掲げた。

「ん……。それはいいな。よしラウラ、私は一人で出動する。ラウラは宴の準備をしておいてくれ」

一杯やれる、の言葉に反応し、フェリスは手早く装備を身につけていく。

最後に美しい装飾が施された宝剣を腰に携えて、準備完了だ。

「あんたね……。それ、わかってて言ってるの？　それは私も望むところだけど、そういうわけにはいかないのよ。戦場での単独行動は許されてないんだから」

「ん？　そうだったか？」

「前縁・遊撃・支援……三人一組での行動。基本でしょ？　……一応私、いつもあんたの後ろにくっついてるのよ？　ま、ほとんど何もしてないけどねー。今日も頼むわよ。楽させてよね」

「冗談さ。いつも頼りにしているぞ、相棒」

本来なら、低位のゲートに対する出動は正規の騎士団や魔法軍だけにとどまる。

しかし、ゲートの発現が頻繁になっていることや、怪我人やマナ虚脱による人員不足のため、最近では当たり前のように魔法学院の上級生は戦場に駆(か)り出されていた。

「よし、ならば行くか、ラウラ」

鏡台で髪(かみ)に黄色い花(ヒマーリーの花)を挿(さ)し、フェリスは立ち上がった。

「残念なことに、もうお膳立(ぜんだ)てはバッチリよ。マリアも随分前から下で待ってるわ。いつものように、私たちにはそれとなく一番速い馬があてがわれているから」

「ふん。……気に入らないが、甘んじて受けよう。誰よりも早く帰ってきて、何よりも早く宴をするためならな！」

「うんうん、俄然(がぜん)やる気が出ちゃうよね！　ところでフェリス、その頭の花、今日も付けていくの？」

「……変、かな？」

「ううん、似合ってる。戦場でも目立つから、とってもいいんじゃない？　無くさないように気をつけなさいよ。……ダーリンからの贈(おく)り物(もの)」

「だぁっ!?　ば、バカを言うなラウラ!!　あいつはただの――」

「へぇー……ただの、何??」

ラウラが、悪戯(いたずら)っぽくフェリスをみつめた。

「ただの……友人だ！　ほら、早く行くぞ！　マリアが待っている！」

▽

マリアと合流したフェリス達が王都からほど近い町、グラナダに到着した頃にはもう、町は魔物であふれていた。

助けを求める叫び声、魔物の魔法で放たれた炎、逃げ惑う人々――

ゴブリンにインプ、オークやジャイアントバットなど、低位のゲートから出現する魔物は比較的弱いが、戦う術を持たない者にとっては充分に脅威だ。

訓練通りに騎士団が住民の避難を誘導し、魔法使いが前線に立つ。

ゲートの周囲には、すでに取り囲むように魔法使いが配置されている。ゲートから出てきた魔物を、発生直後に倒す、という教本通りのシンプルな陣形だ。

「誰か！　誰か手を貸してくれ!!」

一直線にゲートを目指すフェリス達が通る途中、町人を誘導する騎士が、複数のゴブリンに対峙していた。

「フェリスか！　助かった!!　こいつらを――」

「わかっている。私が来たからにはもう大丈夫だ、任せておけ！」

振り向くと、フェリスは抜いた宝剣を一閃、瞬時にゴブリン達をなぎ払う。

「数だけの雑魚どもが……。団長はどこだ？」

「ゲートのすぐそば……あのあたりだ。それにしても、今日はいつもに増して討ち残しが多い……。いつもすまないが……フェリス、頼んだぞ」

「……ああ、承知した。ラウラ、ここは任せたぞ。マリア、先を急ごう」

言って、フェリスは再び馬にまたがった。

「だ、か、ら！　三人一組で動かないといけないんだって……。マリア、フェリスのこと、頼んだよ。私も、怪我人の手当てが終わったらすぐに向かうから」

「わかりました。それでは、先に向かっています。ラウラさんも、くれぐれもお気をつけて——」

フェリスとマリアは、再び手綱をしっかりと握り、騎士の指さした先へと馬を走らせる。

「これで良し……と。あっちに救護隊が来ていますので向かってください」

「ああ。ありがとう。……武運を」

「ありがとうございます」

ラウラは白の回復魔法で騎士の手当てを手早く済ませ、すぐさまフェリス達の後を追った。

▽

「フェリス⁉　やっとお出ましか！　出動命令があったすぐに出てこいとあれほど――」

「団長。何度も言っているが、私はただの学生で、それも五年生なのだから、出動命令は最後にしか届かんのだ」

「相も変わらずか……。前例ばかりに囚われる愚図どもが。フェリスはもう飛び級で卒業させればいいいと、何度も上に掛け合っているというのに――」

「や、それは困る。私はまだ学生でいたい」

「そんなことより団長、戦況はいかがですか？」

脱線しそうになった話を、マリアが軌道修正しようと試みる。

「ダメだな。ゲートとしては低位だが、規模が前よりもまた大きくなっている。騎士団だけでなく、魔法軍からも怪我人が出ている。近頃まともに休めていないからか、マナ虚脱になっている者も多い……」

「戦力不足……深刻だな」

「それで、こんなにも町中に、魔物があふれているというわけですか」

「――面目ないが。もう包囲陣形を維持する事も難しい状況だ」

団長は、眉をひそめた。

「承知した。それならば、私が空から数を減らす。団長はしっかり網をかけておいてくれ。これ以上被害を出したら、リュートに笑われる……。お⁉　ようやく追いついたかラウラ。では、今日も頼むぞ！」

「え⁉　いきなり私⁇」

少し遅れて到着したばかりのラウラに、支援魔法を要請するフェリス。

「それが一番省エネなんだ。頼りにしているぞ、相棒」

「はいはい。全く、人使いが荒いんだから――」

言って、ラウラは術式を刻み、白魔法の『浮遊』をフェリスにかける。重力から解放され、ふわり、フェリスの体が空へと舞い上がった。

「私の眠りを妨げる憎き魔物達……喰らえ」

『赤光』


宙に舞うフェリスが突き上げた剣の切っ先がまばゆく輝いたかと思うと、すぐさま無数の、真紅の光線が放たれた。

高熱を帯びた無数の光の槍が雨と降り注ぎ、ゲートから出てきたばかりの魔物を一体、また一体と串刺しにしていく。

『赤光』は赤魔法と白魔法の混色魔法、二色のマナを同時に持つフェリスの固有魔法。

一発一発の威力はそれほど高くはないが、広範囲の魔物を殲滅することができる魔法で、殊更数多くの魔物を生み出す低位のゲートを相手にする場合に有効だ。


『『ぐぎゃぁぁぁあーー』』

『『ギぎぃいいぃいいぃィいぃ!!』』


断末魔の叫びを上げ、『赤光』に貫かれた魔物達は真っ黒な魔素となり、ゲートへと吸い込まれていく。

ゲートの魔物は死体を残さない。そのため、戦利品なども皆無だ。一方的な消費、これが、王国軍の消耗をさらに早めている。

さらに悪いことに、ゲートの中は亜空間で、回収した魔素を合成して魔物は再生されるという憶測までも飛び交っていた。

「ひゅー……フェリスのあれは、いつ見ても圧巻だな」

「……いえ、団長。フェリス様の『赤光』は決して、あの程度の威力では――」

「む……。あちらにも魔物がいるな。……今日は本当に多い」

魔法の力で重力を制御してふわり、駆る馬の背にまたがると、フェリスは額ににじむ汗を、隠すようにさっと拭った。

「が、この程度の魔物がいくら群れようとも!! ラウラ！ もう一度だ!!」

「馬鹿フェリス！ 一人で無茶をするんじゃない！ フェリスには分かっているでしょ！ 私の支援魔法も、日に日に効果が弱くなって――」

まるで聞く耳も持たず、フェリスは再度、馬の鐙をぐっと踏みしめると、そのまま上空へと飛び上がった。

耳に届くラウラの声が、少しずつ小さくなっていく。

「……ラウラ。何もお前だけじゃないさ。一刻も早く戦闘を終え、少しでも長く休息をとらねばならん。お前も、軍のみなも。その為には私が――」

フェリスは呟くと、もう一度宝剣の柄を握る手にぐっと力を込め、天に向かってそれを突き上げた。

『レッド＝レ――』

魔法を発動しようとしたその時、ガクンと、フェリスの体から力が抜けた。

大気に満ち満ちている赤と白のマナを、いつものように集めることが出来ない。

澱み。魔法を発動させるためにマナを溜めるマナ器が、先に何か良からぬもので満たされているかのような感覚。

取り込んだはずのマナが、黒く渦巻くその何かに置き換えられていく。

「くそぅ！　マナ虚脱……だと⁉　以前マリアが言っていたな。……まさかこの、私までもか――」

「ううう……もうダメだ！　マリア！　……た、頼む‼」

「ラウラさん⁉　フェリス様に何が⁉」

「マナ虚脱よ！　フェリスが落ちてくる‼　私の魔法だけじゃこれ以上、支えきれない――」

杖の先をフェリスに向け、懸命に補助魔法『浮遊』を送り続けているラウラの顔色も、もはや真っ青だ。手にもつ杖の先が、カタカタと小刻みに震えている。

「フェリス様！　いけません‼」

ラウラを一瞥（いちべつ）し、頷（うなず）くと、すぐさまマリアは馬の腹を蹴（け）る。

行く手を阻（はば）む魔物から放たれる魔法も、射掛けられる矢でさえも気に留（と）めず、真（ま）っ直ぐ、ただ最短距離をフェリスの真下へと、馬を走らせた。


「フェリス様ぁあああ――!!」


マリアは叫ぶ。

とうとうフェリスの体は上空での支えを完全に失い、大地に向かって加速を始めた。

「ふっ……。驕（おご）りがあったということか。このまま落ちては私とて、無事には済まんだろうな」

　地上の魔物達は、大量の同胞（どうほう）の命を奪（うば）った張本人であるフェリスの落下地点を特定し、既（すで）に魔法の詠唱（えいしょう）を始めたり、武器を構えたりしている。

魔法での防御（ぼうぎょ）がないところに一斉（いっせい）に攻撃（こうげき）を仕掛（しか）けられたとすれば、いかに業物（ワザモノ）と名高いルービンスタインの鎧を着ていても、無事でいられようもない。

ようやく状況を察知した団長が指揮を執（と）り、全軍を当の魔物達に仕向けるが、立ちはだかる魔物達の壁（かべ）に、消耗しきっている軍勢など、あっさり跳ね返されてしまう。

「……ふふっ。奴ら、先の出陣での活躍が嘘のようだな。リュートよ。貴様の支援魔法のありがたみが、私の殉職で見直されれば良いのだが……。せめて、せめてそんな希望を抱かせてくれ――」

そっと目を閉じたフェリスは、リュートの事を思い出していた。

そして、落下で逆立つ紅い髪に挿された、鮮やかな黄色い花にそっと、手を添える――

「⁉　な……なにッ!!」

その時、ヒマーリリーの花から、大量のマナがフェリスのマナ器に供給され始めた。

純粋で、大量のマナは、フェリスのマナ器に渦巻く澱みを、嵐が塵を吹き飛ばすかのように難なく消し去っていく。

それが誰の手によるものか、フェリスは瞬時に理解した。

「粋なことを……。だが、感謝するぞ、リュート！　これだけのマナ……ならばっ！」

『大神の両翼、天守る君。その自由を瞬刻、我に分かて――』

『賜りしは対の翼』

魔物が引き絞る弓の、まさに射程に入ろうかというところ。フェリスは瞬時に詠唱を終え、白の付与魔法を発動させた。

フェリスの背中には神話の天使の羽が現れ、フェリスの体を再び上空へと舞い上げる。

「フェリス様！　……なんと、なんと神々しい――」

思わず手綱をぐっと引くマリア。いななきと共に、馬は前足を大きく上げて停止。

「マリア！　私ならもう大丈夫だ‼　そこを退け！　団長の下へと戻り、一刻も早く青魔法の陣を完成させるのだ！」

言って、フェリスが宝剣の切っ先をマリアに向けると、マリアの鎧の隙間から見えた傷口が、みるみる塞がっていく。

「ああ、フェリス様……。確かに仰せつかりました‼」

「緑のマナなど殆ど存在しない王都でこれほどの魔道具を精製するには、かなりの時間を要しただろう？　思いつきで渡した、など、いい加減な事をぬかしおって――」

もう一度髪に挿された花に手を添えると、戦闘中だというのに、フェリスの口元が自然とほころんだ。

「……マナは十分だ。いや、昔の私など、とうに超えている。最早、この程度の雑魚がいくら群れようが、私の相手ではない――」

『赤光――』

「なるほど。あの程度の威力ではない、か。……全軍！　たたみかけるぞ!!」

いつでも放てるように術式を刻み、詠唱を済ませていた青魔法使いたちの、封印魔法がゲートへと一斉に放たれる。

空間に干渉することができる青魔法でしか、ゲートを閉じることはできない。

着弾。青白い光に包まれ、どこに続くかわからない空間の穴は、少しずつ小さくなっていった。

▽

王都の外、駐留軍も規模を縮小せざるを得ないほど、王国軍は疲弊している。軍の到着までの間に、グラナダの町には大きな被害が出ていた。

戦闘によって破壊された建物は数えきれないほどだ。放たれた火の手は収まる気配がない。怪我を負った人々は暗い顔をして白魔法での治療を待っている。

「これだけの被害だと、早く帰って一杯って訳にもいかないよねー……」

治癒を待つ長蛇の列を前に、思わずラウラがぼやく。

青魔法使いのマリアは、向こうで消火活動を行っているようだ。

「……明日は休む。休みだぞラウラ！　マリアも誘って、朝から寮を抜け出してやろうではないか!!」

隣の列では、フェリスもまた、矢継ぎ早に町の人たちの治療を行っている。

「お、フェリス、いいねそれ！　のったのった！」

二人はわざとらしく明るくしているが、グラナダの町はもはや半壊だ。人々の心はすっかり沈んでしまっている。

家を失い、家族を失った人たちは救いを求め、王都へと流れてくるだろう。

そういった町が増え、王都は難民で溢れはじめていた。

恐怖もあって流通が滞っている。食料の値段は上がり、治安も随分と悪くなってしまった。

「農業……か。なるほど、お前の言うことは正しかった訳だな――」

そっと、フェリスは髪を飾るヒマーリーの花に手を触れ、呟く。

「リュート……貴様は今、何をしている？」

フェリスは、朝日を背負う霊峰タッタスの頂上をじっと見つめていた。

# 第十四章「ほろ苦な記憶と器用な怪鳥」

早朝、リュートは日課であるトマーテの苗(なえ)への水やりを終えた。

苗は、畑の隅(すみ)に設けた一区画に、小さな鉢(はち)に入れてずらりと並べて植えられている。

まとめて苗を育てている間に、それ(苗)を植え付けるための畑の準備をしていく。

こうすることで準備と栽培(さいばい)を同時に進めることができる。これも昔、父に教わった知識の一つだ。


「しっかし、広いなぁ……。父さんがやってた畑は――」

視界一杯に広がる広大な畑。

父が農業をやっていた頃には人手があったから可能だったが、一人でこれだけの面積を耕すことは、とてもできない。

「……よし、と。今日も頼んだぞ」

ひとたびヴィヴィアンと同化し、トマーテを植え付ける区画の前に立ったリュートは、

緑魔法を発動。

雑草や雑木をまとめて処理したため、かの畑には、その燃え残りや、植物の地下部が未だ残っていた。その処理を自然に任せていては、植え付けの頃に畑の準備はとても間に合わない。

そこで、リュートは緑のマナでミミーズやタンゴ虫といった土壌生物を巨大化し、土づくりと残渣の処理を委ねることにしていた。

並の魔法使いであればせいぜい一、二歩四方の土壌生物を使役することが精一杯だが、リュートのマナ器とタッタス樹海に溢れる緑のマナ、そして、ヴィヴィアンとの同化とが、広大な畑全体の土壌生物をコントロールすることを可能にする。

外から見ても、その変化は全く分からない。土壌生物が地中でゆっくり静かに、それでも確実に土を作ってくれる、というわけだ。

▽

「リュート！　樹海にくるのも久しぶりだねっ！　ねえねえ、今日は何して遊ぶの？」

地道な作業をミミーズ達に任せて、リュートとヴィヴィアンは久しぶりに樹海にやってきていた。

人間の姿となり、嬉々としてぴょんぴょんと小さく跳ねるヴィヴィアン。タッタス樹海のマナを浴びているからか、とても調子が良さそうだ。

ポルトス村で猫の姿をしている時はいつもだるそうにしているので、リュートは少し心配することもあった。

「ん？　どうしたの、リュート？」

「いや、そういや猫って、そういう生き物だったよな……って」

「？」

いつもの通りに明るく笑うヴィヴィアンの姿を見て、リュートは思わず呟いた。

「今日は……そうだな。ちょっと奥まで冒険しようかと思って」

「奥……？　リュート、それってつまりさぁー……」

「ほ、ほら、あっちの方に行けば何か、おいしいものがあるかもしれないだろ？」

「……やっぱり。また食べ物探しなのね？　たまには前みたいに、かくれんぼとか、木登りとか、かくれんぼとかしようよ。かくれんぼとかぁー……」

「全く、どれだけかくれんぼが好きなんだよ……。それに、ヴィヴィアンが本気出したら、俺、絶対見つけられないだろ？」

「うー……。ごめんなさい。今度は手加減するから……ね？」

ヴィヴィアンはリュートの前に回り込み、その顔を上目遣いで覗きこんだ。

「……ま、また今度な」

「えー……。またそうやって誤魔化すんだから！」

顔を背けるリュートに、今度はぷくっと頬を膨らませた。

「あの……さ。この前行商から帰ってきたハンスに聞いたんだけど、国中あちこちで魔物に農地や街道をやられているらしいんだ」

「ふーん……」

「で、王都の人たちのお腹を、安定して満たせる食材があるといいなって」

「ふーん…………」

「さすがに野菜のトマーテでは主食にはならないし……。ロックベアとかワイルドボアの肉とかも考えたんだけど、狩猟だと、どうしても供給が不安定になるだろ？」

「……帰ってきてから王都王都ってそればっかり……。リュート、やっぱり何かおかしいよね？」

「い、いや……ほら、王都が危なくなったら、ポルトス村にも安心して住めなくなる……だろ？　魔物とかが流れてきても困るし――」

疑うようなジト目でこちらを見るヴィヴィアンの指摘を、特に意味などないはずなのに、思わずはぐらかす。

「うーん……まあいっか。リュートと樹海を探検するのも私、結構好きだしね」

「助かるよ、ヴィヴィアン。かくれんぼはまた、絶対に相手するからさ」

「やった！　約束ね！　今度はどこに隠れよっかなー……」

「ヴィヴィアン？　手加減、忘れないでくれよ？」

▽

「それにしても、主食になりそうなものかぁ……だったら、穀物だよねぇ……。あ！　そうだ!!　それなら、スイトーとか、どうかな？」

「ん？　ヴィヴィアン、スイトーって……なんだっけ？」

「忘れちゃったの？　ほら、前に一度、食べたことがあるでしょ？　ベルラ湿原に生えてるやつでー……。そうそう、リュートがファミングバードに追いかけられながら取ってきたことがあってね――」

何かを思い出したのか、ヴィヴィアンの口元が綻ぶ。

言葉に、リュートは、別のことを思い出していた。ヴィヴィアンが言っている「スイトー」というものは確か、樹海の南東に位置するベルラ湿原に生えている植物だ。ポルトス村だけでなく、王国全土で主食として広く栽培されており、ポルトス村の名産でもある、ムーギという穀物によく似た実をつける植物。確かに、かつて二人で食べた事があった。

「ファミングバードか……あいつにもあんまりいい思い出がないなぁ」

スイトーはムーギより少し遅く、晩夏になると穂をつける。実が硬い皮に包まれているから、そのまま食べても硬くておいしくない。

ファミングバードと、そう二人が呼ぶのは不思議な魔物だ。

その名の通り、樹海のあちこちから種を持ってきては、それを、自分の縄張りの適切な場所に植えて栽培をする鳥型の魔物。

鳥とはいっても小型のドレイクほどある大きな体に、鋭いクチバシをもっている。さらに、ファミングバードにはファイアブレスがある。

その特性を活用して、驚くことにファミングバードは、食材の調理までもしてしまうのだ。

「ファミングバードに追い回されたこともあったよねー!!　あの時のリュートっていった

ら――」

「笑わないでくれよ……あの時は俺だって、必死だったんだから」

「ははは……ごめんごめん！　だって、可笑しくって！　ほら、リュートったら、ズボンが燃やされちゃって――」

恥ずかしがるリュートをよそに、ヴィヴィアンは大声で笑った。それも、うっすらと涙を浮かべるほどに。

樹海でお腹が空いたらファミングバードを探す。そうすれば、その生産物にありつけることが多かった。

もちろん、ファミングバードも自身の食料確保に必死なので、事が穏やかに済むことなど、ほとんどない。

「帰ってからも母さんにいろいろ聞かれて、大変だったなぁ……」

そのままでは硬くてとても食べられないスイトーの実も、ファミングバードは上手に調理する。吐く炎で湿原の水と、樹海の木の葉を使って蒸しあげるのだ。

すると、スイトーの実は甘くてもちもちとしたものに変化する。リュートの記憶の中でも、その美味は鮮明に残っている。

「はぁ……でも、そうだな。スイトーなら、大量に育てられそうだし。それに、腹持ちの良さは間違いない」

調理されたスイトーがあまりにも美味しかったので、リュートはついつい食べ過ぎてしまったことがあった。

その時は、家に帰ってもなかなかお腹が空かず、さらに夕食を無理して食べたので夜通し苦しい思いをしていた。甘くも苦い思い出だ。

「よし、ならベルラ湿原に向かおうか。それにしても、やっぱりヴィヴィアンは樹海のことをよく知っているね」

リュートはがしゃがしゃと、ヴィヴィアンの金髪をかき混ぜる。

「任せてよ！　伊達に何百年も森の警備、してないんだからっ！」

バンと、力強く胸を叩いて、頬をうっすらと赤らめたヴィヴィアンはとても誇らしそうにしていた。

▽

時々ふらりと寄り道をしたり、沢に笹舟を流してみたり、草笛を鳴らしてみたりしながらも、二人はベルラ湿原に到着した。

スイトーの実を食べたのは、確か秋頃のことだった。

トマーテと同じように、春の今にスイトーの種や苗を持ち帰ることができれば、それをもとに量産することが可能になるかもしれない。

王都の支援を少しでも早く実行したいリュートにとって、この春の季節はチャンスに満ちている。

「さて……と」

ファミングバードや他の魔物に見つからないように、昨日の反省から今日は周囲を警戒し、慎重に行動する。

『緑の女神』ヴィヴィアンと行動を共にしていれば、その威力で普段は樹海で魔物や動物に襲われることはない。それどころか、道を開けてくれたり、種族によっては、すれ違う時に一礼をしてくれたりするものまでいる。

しかし、当然魔物にも生活がある。確保した食料や、卵、子どもやヒナが狙われた（と思われた）となれば、もはやなりふり構わずこちらに攻撃を仕掛けてくるのだ。

そんな、王都では忘れ去られた、けれども自然では当たり前の摂理を、リュートは少しずつ思い出していた。

「お、あったあった、スイトーだ！　しかし、今日はラッキーだな、こんなに早く見つけられるなんて」

ベルラ湿原をしばらく探索したのち、リュートはスイトーの芽らしきものを発見。躊躇うことなくバシャバシャと湿原の中に足を踏み入れ、早速、トマーテの時と同じ竹の容器を取り出し、湿原の泥ごとそれを回収しようとする。

「ちょ、ちょっと、リュート！　ちゃんと気配遮断をしないと!!」

「大丈夫だって、すぐに終わるから」

「でもでも、そんなに音を立てたらファミングバードに――」

ヴィヴィアンが促したその時だ、けたたましい鳥の鳴き声が森に響き、同時に、湿原の水面に影が映った。

空からの接近者――

「ははは……。見つかったみたいだね」

「ほら、だから言ったのにー……」

やはり、事は穏便には済みそうにはない。

# 第十五章——「初めての勝利と満足な戦利品」

空から急接近するのは、もちろん件のファミングバードだ。

リュートが採集しかけたスイトーは、そのファミングバードが育てているのだろう。

手塩にかけて育てた苗を狙われたとあっては、穏やかではないのも当然だ。

まさしく子を狙われた熊のように、ファミングバードは殺気立っている。

けたたましい声をあげたと思った次の瞬間、体を回転させながら、リュートだけをめがけ、ものすごいスピードで降下——


「リュート！　前に跳んで！　早く!!」


「濡れるのは嫌だから」と、湿地の外から様子を見ていたヴィヴィアンの声に呼応。リュートは湿原から勢いよく飛び出して、ごろごろと前転して受け身をとった。

振り返る。リュートが先ほどまで立っていた場所に、スイトーの合間を見事に縫って、

ファミングバードの鋭いクチバシが突き刺さっている。

……どうやら、辛うじてファミングバードの奇襲を回避することができたようだ。

採種や播種のために鋭く、長く進化したそのクチバシを目にし、冷や汗がリュートの背中をさっと伝った。

大事なスイトーの苗を燃やしてしまってはいけないと考えているのだろう。幸いなことに、ファミングバードはまだ、必殺のファイアブレスを使用してはこない。

「ふぅー……間一髪。助かったぁ」

命を守るために、ヴィヴィアンの合図でどのように行動するかはかつての決め事だ。散々練習も実践もしたので、ブランクのある今でもリュートの体はヴィヴィアンの声に無意識で反応できた。

「リュート！　早く、早くこっちに！」

「わかってるって！」

リュートとヴィヴィアンは互いに急いで駆け寄り、いつものように同化。すぐさま緑のマナによる身体強化を施す。

間髪入れずにバックステップで距離をとり、今度は視界にしっかりとファミングバードを捉え、次の襲撃に備えた。

『見つかっちゃったから、もうファミングバードの目を盗んでこっそり、っていうわけにはいかなくなっちゃったね』

「ああ……。でも全く、ヴィヴィアンは楽しそうだな」

『そ、そんなことないってば……。えへへ、やっぱりわかっちゃう？』

「わかるよ。だってヴィヴィアンは昔からそうじゃないか――」

全身で、強者に対する恐怖を感じるリュートとは裏腹に、ヴィヴィアンの声は明るい。

リュートと一緒に狩りを楽しんでいる、という感覚なのだろう。

奇襲に失敗したファミングバードは素早く上空へと戻っていった。

「このままどこかへいっては……くれないよな！」

ファミングバードは再び大空を旋回し、早くも急降下。

リュートに再度攻撃を仕掛けようと、ファミングバードは先ほどよりも回転数を上げ、速度をさらに増してリュート達に迫る。

『自然の護り』

樹海での感覚も随分と戻ってきた。

リュートは『木々の守り』の上位魔法である『自然の護り』の術式を刻み、素早く、より頑強な木の鎧を纏う。

窮地に、リュートの頭に浮かんだのは、ファミングバードのクチバシを、纏った鎧で受けて身動きをとめ、『根絡み』の上位魔法、『蔦の鎖』で拘束する作戦だ。

鳥、とはいっても、やはり樹海の魔物。通常の魔物でたとえれば、小型のドレイクほどの大きさはあるファミングバード。

さらにその素早さ、攻撃力、凶暴性は、リュートが学院時代に対峙したどんな魔物とも、比べものにになどならない。

さらに、ファミングバードのファイアブレスは、魔法軍の筆頭魔法使いが唱える赤魔法すら遥かに凌ぐ範囲と威力を持っている。

「あの突撃をかわして攻撃するほど技術、俺にはないからな……」

それならば、樹海のマナを活用した頑丈な鎧で、自身を囮に、敵の隙をつくことが賢明だ。

マナを凝集し、鎧を更に強化――

次の瞬間には、ガツンと、樹海にインパクトの鈍い音が響き渡った。

勢いに、かなり押され、後退させられたが、作戦通り、急降下してくるファミングバードの一撃を受け止めることに成功したようだ。

マナで固められた鎧に深く突き刺さるクチバシはそう簡単に抜けそうもない。

『無数に蔓延る魔手、幾重にも重なれ、捕らえよ、拘束せよ、束縛せよ――』

『蔦の鎖』

リュートはパニックに陥っているファミングバードの隙をついて、詠唱。

さらに完全な形の術式を刻み、魔法を展開。作戦通りに『蔦の鎖』を発動する――

あたりから魔力を持った蔦が鎖状に絡み合い、不規則に目標へと迫る。

……が、しかし、そこからが作戦とは違った。

『パキンっ!!』

ファミングバードはリュートの魔法を感知したのか、咄嗟に、鎧に突き刺さるクチバシを折り抜いたのだ。

高速で羽ばたいて後ろ向きに飛び上がり、一瞬のホバリングから必殺のファイアブレスを仕掛けた――

『リュート！　火が――』

「クチバシ折るとか……マジかよっ!!」

木でできた鎧は水分を十分に含んでいるので、ある程度火には強い。

しかし、ファミングバードの超高温のブレスに、その水分は一瞬のうちに吹き飛ばされてしまう。

間もなく乾燥しきった木の鎧に着火し、瞬く間に延焼――

「チェイン＝クリ――　あ、あっちぃぃい!!」

それでもファイアブレスの反動の、その隙をついてもう一度ファミングバードを『蔦の鎖』で捕らえようとする。が、リュートは木の鎧を伝って迫る炎のあまりの熱さに、慌てて魔法を解除、鎧を脱ぎ捨てた。

『蔦の鎖』の魔法は発動するも、詠唱も術式もまるで未完成の失敗作、それではファミングバードのスピードに到底及ばない。

ファミングバードはそんな『蔦の鎖』を悠々と回避し、次の攻撃に備えてもう一度空中へと戻っていった。

『やっぱり鳥は相性悪いねー。どうするリュート、一旦逃げちゃう？』

植物や土壌生物の力を利用する緑魔法使いは通常、空中戦にはめっぽう弱い。

空中に逃れられては『蔦の鎖』や『葉刃』はもちろん、混色魔法の『生ける森』すらも、射程に入らない。

ちなみに、リュートは今までファミングバードはおろか、鳥形の魔物の一匹すら仕留めたことはない。完全にその目を盗むか、発見されることを覚悟で食べ物を奪取し、それを抱えて逃げるのが常だった。

「今回は食べたいわけじゃなくて、スイトーの苗を持って帰ることが目的だから……。やっぱり逃げるわけにはいかないよ」

『でもでも……』

丁寧に行わなければならない移植作業には時間がかかるので、やはり、縄張りを守るファミングバードは倒さなくてはならないだろう。

「大丈夫、俺も学院ですごい魔法使いたちを見てきたからさ。アイデアでなんとかやってみるよ」

『うん。わかった！』

ならばと、繰り返されるファミングバードの急降下を躱しながら、周囲の木々に一本ずつ、術式を刻み、魔力を送り込んでいく。

そうやって次々に木に命を与えていくが、まだ魔法の起動はしない。

躱して、触れてを繰り返す。互いに決定打を欠いた単調な攻防。

幸いなことに、ファミングバードはあれからファイアブレスを放ってはこない。樹海に火を放ってしまうことを恐れているのか、あるいは、ファイアブレスには相応の溜めが必要なのだろうか。

「よし、もう十分だ！　次で決める！」

リュートは、触れた木々のちょうど中心に陣取り、「降参だ」と、ファミングバードの方を向き、身体強化の魔法すら解除。ゆっくりと両手を上にあげた。

空中を旋回していたファミングバードは、「とどめ」とばかりに一番の速度で急降下、折れたクチバシで急所を狙った攻撃を仕掛ける。

タイミングを見計らっていたリュートは身体強化を再び施し、すんでのところでそれを回避する。

同時に、一斉に仕掛けておいた魔法を発動――

『時をわたりし大樹。刹那の命を与える。今、我に随従せよ――』

『生ける森』

『えぇ⁉　リュート、その魔法だと空には──』

「大丈夫だよヴィヴィアン。まあ見ておいてくれよ！」

発動の瞬間、術式の刻まれた木々の枝が巨大化し、みるみる広がっていく。

無数に伸(の)びる大樹の腕(うで)が空を覆(おお)い、再度空中に逃れようとするファミングバードの退路を塞(ふさ)ぐ。

渾身(こんしん)のファイアブレスで、無数の枝から成る「鳥かご」を焼き払(はら)い脱出(だっしゅつ)しようと試みるが、大地から際限なく水を得、マナを大量に与えられた木々の、幾重にも重なる枝葉はわずかに焼ける程度だ。

逃げ惑(まど)うファミングバード。

すかさず、リュートはその首を一枚の『葉刃』で切り落とす──

ファミングバードは全ての力を失い、重力のまま落下していった。

▽

「……ふうー。何とかなったか」

リュートは胸をなでおろした。それから、地面に落ちたファミングバードのところへ駆け寄る。

完全に、ファミングバードの動きが止まったことを確認し、これも父に習ったように素早く、逆さに吊るしておく。せっかくの命を美味しくいただくためには、この辺りの手際の良さが肝要だ。

あとで羽を取れば、十分食用にできるだろう。燃えるように真っ赤で美しいファミングバードの羽や、折れてしまったけれど、それでも立派なクチバシも、何かの材料となるかもしれない。

「やったね、リュート！　ファミングバード、昔は何回やっても勝てなかったよね」

木に、逆さに吊られたファミングバードを目の前に、大きく頷きながら、ヴィヴィアンが妙に感慨深げにしている。

「うんうん……やっぱり強くなって帰ってきたんだ。お姉さんは嬉しい！」

「お姉さん？　学院でいろんな戦闘や戦術を見てきたから、アイデアだけは……何とかね。

でも、一羽だったからよかったけど、他にもいたら絶対にやられてたよ……」

「だいじょうぶ、大丈夫！　ファミングバードは縄張り意識が高いから、同時に襲われることなんかないって！」

「……でも、それってファミングバード限定だよなぁ」

「確かに、そうだね……」

「やっぱりもう二度と、鳥とは戦いたくないや」

リュートとヴィヴィアンは、力を使い果たしたかのように、春の大地に大の字になって寝転がった。

相性が最悪な緑魔法と飛行生物との戦いは、単体では他の色の魔法がほぼ使用できないリュートにとって苦戦は必至だろう。

大方の素材を回収し終えたリュートは湿原に戻り、可能な限りのスイトーの苗を集めた。

今度は、他のファミングバードの縄張りに入ってしまわないように、最大限の注意を払って――

## 第十六章 「スイデン造りと余計なお世話と」

スイトーの苗を手に入れ、父の畑にやってきたリュートは考え込んでいた。

「一体どうしちゃったの、リュート？　リュートってさ、ここにくるといつも難しそうな顔してるよね」

うんうんと頭を抱えて悩む様子のリュートに、ヴィヴィアンが問いかける。

父の畑に近づいてくる人はほとんどいないので、最近では、ここでのヴィヴィアンは人間の姿をしていることが多い。

「うーん……。いや、ベルラ湿原の環境を再現しないと、スイトーは栽培できないんだろうなと、思ってさ」

「そうだよね。スイトーって、樹海でもベルラ湿原以外だとあんまり見かけないし……。たまに見つけても、実なんてほとんど成ってなかったよね、確か」

「だよなぁ……。で、ここをどうやって湿原の環境に近づけようかって、考えてたんだよ」

「湿原かぁ……。‼　そうだ、リュート！　だったら、そっちの川からここまで水を引いてきたらいいんじゃない⁉」

言って、ヴィヴィアンが指さすのは、畑の向こうを流れる川だ。

農業には水が必要になることが多いので、ポルトス村では基本的に、川や池の近くに農地を作ることが多い。反面、川の氾濫で水浸しになっては、作物に甚大なダメージが出てしまう。

そういうわけなので、ポルトス村の大規模な農地は、川が作る自然堤防を越えたところに造るケースがほとんどだ。リュートの父の畑も、まさしくそういう場所に立地していた。

「なるほど！　ヴィヴィアン、それ、いいアイデアだと思う！」

「へへん！　私、伊達に長い時間生きていませんから」

両手のこぶしを腰に当てたヴィヴィアンは、キリッとした表情で、物言いたげにリュートの目を見ていた。

「……ひょっとして、メリザンデさんの巣でのこと、まだ根に持ってる？　だから、あの時は悪かったって――」

「へへっ。からかってるだけだよー！」

言って、ヴィヴィアンは、ひとたびビビの姿になって堤防を駆け上った。

「はあ……はあ……。でも、この堤防を越えて水を引き込む水路を作るのって、結構大変じゃないかな？　ほら、高さもあるし、川から畑って、案外遠いだろ？」

　気が遠くなるほどの時間をかけて、ゆっくりと川が削り出した堤防は高く、厚い。その高さはリュートの背丈の、倍くらいはあるだろうか。

「あのさ、リュート、もっと頭を柔らかくしたらいいんじゃない？　せっかく私がいるんだからね」

「ん？　まあ、確かにヴィヴィアンはいるけど……。いくらなんでも二人じゃさ。それに、ヴィヴィアンは力仕事、嫌いだろ？」

「嫌いじゃなくて、大っ嫌いなの！　……じゃなくって、ほら、リュートには緑魔法があるでしょ？　だから、そこの木を使えばいいんじゃない？」

「え？　木を？　使うって⁇　コレ？　いやいやヴィヴィアン、身体強化があるっていっても、さすがに鍬一本じゃ――」

　リュートは鍬の柄をちらりと見た。間違いなくその柄は木製だ。

「……呆れた。ファミングバードとの戦いは結構カッコよかったんだけどなぁ」

「かっこ――？　い、いや、あのときは必死だったから！　頭の中が空っぽで――」

「なーに照れてるのよ、リュートったら。いいから、ほらほら！」

ヴィヴィアンは、人差し指で自らの頬をとんとんと叩いた。

「え？　まさか……このタイミングで？」

一応気にしているのか、辺りをくるりと見回して、ヴィヴィアンが差し出されたリュートの頬にキスをする。いつもの「儀式」だ。

ポルトスに帰ってきてから何度かあったが、リュートはやはり慣れない様子だ。

ヴィヴィアンの唇が触れる瞬間、ドキドキと鼓動がわずかに早くなるのを感じていた。

幸いまだ明るい。同化に気づく者はいないだろう。


『いい？　木に命を与えて、木人達に働いてもらうのよ』

「なるほど……。ヴィヴィアンの言ってること、やっとわかったよ」

ヴィヴィアンの意図をまだ理解できていなかったリュートは、ヴィヴィアンに指示されるがまま、辺りに生えている木に、『生ける森』の術式を刻んでいく。

何度か試してわかった事だが、十分にマナを込め、術式に指示を刻み込むことで、魔法を解除するか、与えたマナが尽きるまでの間、木人はそれに従った行動をとるようだ。

敵を倒せとか、穴を掘れとかの単純な指示はもちろん、設計図のようなものを与えてその通りに仕向けることもできる。そして、木人の大きさとパワーは、与えたマナ量に比例する。

術式を刻み終えると、リュートは一斉に魔法を発動した。

命を与えられた木々は次々と巨大化し、大地から根の足を勢いよく抜き取る。それから、体をほぐすかのようにぐいっと枝を伸ばし、意志をもって動き始めた。

▽

「緑魔法を農業に使う、っていうの伝奇で読んだことはあったけど……。これはなかなか派手だなぁ――」

ドシンドシンと、豪雨で土砂崩れが起きたかのような、そんな轟音が響き続けている。

「へ？　リュート、いつもやってるじゃない。ミミーズ達を使うのとそう変わらないと思うんだけど」

「そういえばそうか。でも、あれは地味だからなぁ……」

「確かにっ！　いえてるよねー。地味だ、地味地味地味」

くすくすっと、小さくヴィヴィアンは笑った。

「……でもほんと、すごいことなんだよ」

「ん？　ヴィヴィアン今、何か言った⁇」

「なんでもないよーだ。……今はまだ、ね」

「⁇　ヴィヴィアン？」

「それよりほら、見てみて！　リュートの木人達、すっごいね！　作業、どんどん進んでいってるよ」

リュートが緑魔法で生み出した木人は全部で五体。

術式として刻みこんだ設計図そのままに、巨大化した木々はその無数の枝を腕に、根を足として、ものすごいパワーでもって、水路建設の作業をさくさくと進めていく。

上流から水を引き込むための水路を、いったん堤防を削って作り出す。

さらに、余分な水を再び川へと戻すための排水路、それから農地を整地し、水を溜めるための畔を、次々と、人力ではとても考えられないようなスピードで作り上げていく。

「それにしても、なんだか楽してるみたいで、落ち着かないな……」

畑の隅、木陰に鎮座する大岩に腰掛けてはみたものの、リュートはどこか座りの悪さを感じていた。

「いいんじゃないの？　設計したのはリュートなんだし。それに、魔法を使うのも能力なんだから。誰にでもできることじゃないよ。なんだか知らないけど、のんびりやってる時間もないんでしょ？」

「それは、そうなんだけど……」

農地近くの地形を大きく変えるのだから、かなりの大事業だ。本来であれば、村人総出で順番に、何年もかけて一戸ずつやっていくような大工事。

この場面での『生ける森』は、まさしく千人力の魔法だ。目の前で繰り広げられる人知を超えた工事に、リュートはすっかりあっけにとられてしまっていた。

それでも、どこか居心地の悪さを感じてしまうのがリュート。

「あー！　もう我慢できない!!　やっぱり俺、何か手伝ってくるよ！」

「いってらっしゃーい。木人達の邪魔しないようにねー……」

とうとう堰を切り、リュートは腕をまくって鍬を手に、ひらひらと手を振るヴィヴィアンを後目に、木人の手伝いをしようと作業現場に近づいた。

いざ、と力一杯振り下ろそうとした鍬に、そっと腕を出し制する木人。首？　を左右に振るその姿は、「仕事の邪魔しないでくれ」と言わんばかりだ。

「あ、はい。邪魔し……ましたよね。すいません」

申し訳なさそうに、ぺこりとリュートは木人に思わず頭をさげた。

「ぷぷっ。だから言ったでしょー……。ほんっと、そういうところ、リュートだよね」

いつも通りに、けたけたとヴィヴィアンは元気な声で笑っていた。

▽

日が落ちる頃には、ほとんどの工事は終了していた。

水路と排水路はもちろん、ベルラ湿原を再現した、人工の池とも呼べる区画までもが完成。

川から水を引き込んで満たすのにはやはり時間がかかるので、取水側の堰を開けて、水が溜まるようにしておき、今日の作業は終了することにする。

「ありがとう。助かったよ」

枝の手を額にあて、汗を拭っているかのようにさえ見える木人達。

ねぎらうように木肌を撫で、一つずつ、かけられた魔法をリュートは解除していく。

木人達は律儀に一礼し、元の場所へと戻っていった――

木人達が落ち着いた頃には、リュートはかなり疲れた様子だった。

ファミングバードとの戦闘に農地の大工事、一日でマナ機関を随分酷使したのだから無理もない。

「よし！　今日はもう帰って寝るか」

「にゃっ！」

沈みゆく夕日を背に、鍬を肩にかけたリュートと、猫のビビは家路についた。

# 第十七章 「突然の爆発と向こう見ずな突入」

『『ドゴン!! ゴオゴぉぉぉゴゴゴオ』』


「な、なな、なんだ!! 何だ、今の!?」

家を揺らすほどの衝撃と、ものすごい音とでリュートははっと目を覚ました。

父の畑から家に帰ってからすぐに、あまりの疲労感から、ベッドにもたれてうたた寝してしまっていたらしい。慌ててのぞく窓の外はもう真っ暗だ。

リュートの上で伸びて眠っていたビビも、突然の大きな音に飛び起き、パニック状態になって部屋中を駆け回っている。

「ヴィヴィアン、大丈夫、大丈夫だよ。落ち着いて」

なんとかビビを抱き上げ、小さな頭を軽くなでる。

リュートの腕の中、ビビはしばらくもがいた後、徐々に落ち着きを取り戻していく。

「……それにしても、一体、何が起こったんだろ??」

窓を開けて顔を出し、外を確認してみるが、何も変わった様子はない。

「こっちの方向じゃ、ないみたいだな」

「にゃぁーー……」

ビビは、ヴィヴィアンの時の姿とは違って、性格は臆病だ。今も、わずかに爪を立ててリュートの服にしがみつき、決して下りようとはしない。

台所を挟んで反対の部屋で休む母クレスタも、当然その轟音には気づいているようだ。扉の向こうから、玄関のドアを勢いよく開く音が聞こえた。

「なら、あっち側か？」

開け放たれた扉から、リュートも続いて外に飛び出す。本来なら外は真っ暗のはずなのに、明らかに様子が違う。

「母さん！　何？　何があったの？」

「わからない、わからないの。でもリュート、ほら見て、あそこ――」

母の指さす先、暗がりの中。

遠くメリーの家あたりの夜空だけが、夕焼けのように朱と金に染まっている。

その赤々とした光に照らされ、新月の夜だというのに、黒い煙が立ちのぼっていることがはっきりと見て取れた。

「あの方角、まさか――」

『夜目』の魔法をかけて恐る恐る、遠くメリーの自宅の方角を見通したリュートは、確信を得た。

「!! メリーちゃんの家だ! 母さん! 行ってくるよ!!」

「そんな……。私も、すぐに行くから!」

「ほら、ビビ。下りて! 二人で走った方が早い――」

リュートは、玄関の横、少し高い位置にぶら下がるカンテラを、母クレスタに手渡すと、すぐに駆け出した。

家が見えなくなった頃に、ヴィヴィアンと同化。身体強化を施して一気加速。

脇目も振らず、メリーの家を目指す。

▽

程なくして、リュートはメリーの家の近くに到着した。

ごうごうと音を立て、闇夜を切り裂く赤い塔は、先日の、場を盛り上げ、和ませる焚き火とは、同じ炎とはとても思えないほどに、その顔色がまるで違う。

野次馬の人だかり越しでも感じる過剰な熱。夜風に、沸き立つ黒煙が壁となって押し迫ってくる。

リュートが到着したその頃には既に、メリーの家を取り囲むように人だかりができていた。

「はぁ……はあ……。おばさん、何があったんですか?」

「ああ、リュート君かい。いやね、ものすごい音が聞こえたから慌てて来てみたんだけど……。なんでも、メリーちゃんの家で爆発が起こったみたいなのよ……」

「爆発? ……まさかメリーちゃんが!!」

遠くから見える煙の色ですら黒く、リュートには、すでに嫌な予感があった。近づくにつれて確かになる焦げた臭いが、不安にますます拍車をかける。

人だかりをかき分け、「メリーの家」がとうとうリュートの視野に入った。

よほどの爆発だったのだろう。家屋は倒壊し、もはや原形をとどめていない。

木造の柱が、梁が炎を纏い、崩れ、重なり合う。それらが巨大に組まれた薪と化し、夜風で運ばれる酸素をエネルギーに、ごうごうと音を立て、ものすごい勢いで炎が上がっている。

早くから駆け付けているのだろう。ポルトス村自警団の人たちが、メリーの家の井戸から水をくみ上げては撒き、懸命に消火活動を行っているところだ。

しかしその状況は、まさに焼け石に水といった様子。近くに川は流れていないので、供給される水の量もわずかだ。

「すいません、通してください!!」

「君！　下がって！　ここは危な――。おお！　リュート君じゃないか!!　見ての通りの状況だ。悔しいが、我々の力では、どうすることもできない……。何か、何かいい方法はないか!?」

一度は近づく青年を制しようとした自警団の男性だが、人影をリュートと知って、そう尋ねた。

ひとたび王都で火事が起これば、水を操る青魔法を使う魔法使いがチームを組み、消火に派遣されるということは、広く知られている。

珍しい青魔法使いは、当のメリーを除けばポルトス村に住んではいないが、同じ魔法使いであるリュートに、そう問いかけるのは自然な流れ。

「魔法で、なんとかやってみます！　自警団の皆さんは、少し離れておいてください!!」

「わ、わかった、気を付けるんだよ！」

言いながら、リュートは術式を刻み始めた。

彼が自警団のリーダーなのだろう。「下がれ！」の号令で、消火活動にあたっている自警団のメンバーが一斉に後退していく。

汗を拭う自警団のメンバー達。前線から引き上げてきた者の、煤で顔を真っ黒にしている様子から、現場のすさまじさが感じ取れた。

「よし、ヴィヴィアン、やるぞ！」

『う、うん。でもでもリュート、どうやって――』

荒れ狂う炎を前に、それでもリュートの思考は冴えていた。

魔女の家らしく、幸いにもメリーの家の周囲には小さな森のようにこんもりと、薬の材料に使うのであろう様々な種類の木が生えている。それを利用しない手はない。

すぐさま魔法を発動。

ヴィヴィアンと同化しているリュートは、緑のマナを送り、周囲の木々を巨大化。その枝を燃えるメリーの家まで伸ばし、『葉刃』で切断していく。

続けて、青魔法『水鉄砲』を掛け合わせ、木々が吸い上げる水の量をコントロール。燃え盛る家屋の上だけに、滝のような雨を降らせた。

大地から吸い上げられた大量の水に、ジュワーッと音が鳴り、すぐに白い煙が上がる。

徐々にだが、確実に収まっていく火の手。

その超常的な消火劇に、取り巻く人だかりから、わあっと歓声が上がった。
しかし、火を消してそれで終わりというわけにはいかない。
『葉の覆い』
リュートは、植物の葉を緑魔法で身に纏い、未だ炎が這い回るメリーの家へと突入した
――

▽

「くそっ！　邪魔を、するなよ!!」

倒壊した家の残骸を、身体強化された四肢で押しのけ、時に破壊しながら無理矢理にリュートは進んでいく。

魔女の家で爆発が起こるとすれば、マナのコントロールミスによる調薬失敗の場合がほとんどだ。それでもリュートは、家が一軒吹き飛んでしまうような、これほどの爆発は聞いたことがなかった。

リュートはメリーの家に何度も訪れたことがあったから、ここの間取りは頭に入っている。

魔女の家で爆発が起こるとしたら、工房に違いない。原形のない家の中ではあるが、目指す場所は決まっている。

記憶だけを頼りにメリーが調薬の仕事を行う工房へとまっすぐ進む。

無我夢中。もう痛みも苦しみも、熱さでさえも感じない。

「メリーちゃん!!」

リュートの予測は的中した。

煙の中、家屋とは対極に、憎らしいほどにしっかりと原形をとどめた石の釜の近く、力なく崩れ落ちているメリーを発見。

奇しくも巨大な釜が支えとなり、メリーは炎の直撃をまだ受けてはいないようだ。

「メリーちゃん！　返事してくれ！　メリー!!」

メリーの肩を強くたたき、顔を眼前に、大声でその名前を叫ぶリュート。

……しかし、やはり反応はない。

メリーのローブはズタズタだ。破れた箇所にはうっすら血が見える。爆発の衝撃で打ち付けられたのか、かなりの怪我を負っている様子だ。

加えて、煙を吸いすぎたのだろう。メリーは完全に意識を失ってしまっている。

全身がだらりとして力が抜けきり、まったく生気のないメリーを、リュートはあくまで慎重に肩に担いだ。

そして、身に纏った『葉の覆い』をメリーと共有し、二人、煙が充満する家屋からの脱出を試みる――

「ごほっ！　ゴホっ!!」

葉のもつ水分と、その蒸散、さらに空気の清浄効果で、リュートは辛うじて意識を保っている、そんな状態だ。

「ううう……。頭が、クラクラする――」

しかし、どうやら煙を吸いすぎたようだ。緑魔法で完全武装したリュートの意識さえも、徐々に混濁していく。

『リュート、大丈夫。私がついてるからね』

ヴィヴィアンから際限なく供給される緑のマナが、失われかけた『葉の覆い』の機能を回復し、さらに強化。

浄化された空気に、リュートの意識はクリアになる。

「ありがとう、ヴィヴィアン」

『うん。リュート、あと少しだから!!』

折り重なる最後の残骸を押しのけ、リュートとメリーは、何とか脱出を果たしたのだった。

▽

「これは……『マナの暴発』だね――。それにしても、まさかメリーちゃんほどの魔女がマナの扱いを誤ってしまうとは」

リュートの生まれた頃に、村で唯一となる診療所を開院したという、医師のマクシミリアンが、メリーの様子を見てポツリと呟いた。

「診てみたが、マナを扱う機関が激しく損傷しているね。リュート君のおかげで命は何とか助かるだろうけど。おそらく、魔女としては、もう……」

「そんな……。メリーちゃん……」

「とにかく、私の診療所にメリーちゃんを運んでくれ。早く、くれぐれも慎重にな」

マクシミリアンの指示で、自警団のメンバー達が、木の棒と衣服を組み合わせた即席の担架にメリーをゆっくりと乗せ、診療所のほうへと向かっていった。

「俺のせいだ……」

リュートの脳裏に雨の日の、過日の記憶が蘇っていた。

ロックベアの胆嚢を易々とメリーに渡したことが事の発端であろうと、浅はかだった、考えが足りなかったと、悲嘆に暮れ、リュートは深々とうなだれた。

タッタス樹海の物は、ほんの少量でも外界のバランスを大きく変えてしまう。

幼少期、ヴィヴィアンにそう言われたことを、廃墟と化したメリーの家を目の当たりに、リュートは思い出していた。

「もう、リュートはそんな顔しないで！　人間のマナ機関くらい、精霊草があれば、すぐに元通りになるんだから！」

いつの間にか同化を解除していたヴィヴィアンは、人間の少女の姿でリュートの側に立ち、人目もはばからずに叫んでいた。

残る野次馬に、浴びせられる視線。状況に気づいたのか「しまった」と、ヴィヴィアンは両手で口をおさえて左右に首を振る。

「誰だ、あの子?」「……さっきまでいなかったよな?」「猫の耳? 獣人か??」

「あ……えっと、私は――」

見慣れない猫耳少女の登場に、ざわつく周囲。両手を口元に添え、左右をきょろきょろと見回すヴィヴィアンは、かなり動揺しているようだ。

「精霊草だって? お嬢ちゃん、何バカな事を言っているんだ? はっはっは。そんなのは、ただのおとぎ噺さ!」

野次馬の一人がヴィヴィアンの発言を、心なくも揶揄する。

「あんたね! 何も知らないくせに!!」

リュートの必死を馬鹿にされたと感じたのか、ヴィヴィアンは怒っていた。それも、かなりの剣幕、今にも掴みかからんばかりの勢いで。

「……ヴィヴィアン、ありがとう。……行こう」

リュートは、なおも憤るヴィヴィアンの肩に、両手を優しく添えた。

「マクシミリアン先生。……メリーちゃんのこと、お願いします。俺は……精霊草を、必ず採ってきますから!」

「な!? ちょ、ちょっとリュート君、もう夜だ、明るくなってからでも――」

『緑の女神（めがみ）』に提示された可能性。居ても立っても居られない。

リュートはヴィヴィアンの手を取り、急いでその場から走り去った。

「母さん。俺、ちょっと出かけてくる。メリーちゃんのこと、よろしく頼んだよ。マクシミリアン先生がみてくれているから」

「リュート？　……ええ、分かったわ。行ってらっしゃい」

すれ違（ちが）いざま、母クレスタとたったそれだけの言葉を交わし、ヴィヴィアンと同化しているリュートは夜のタッタス樹海へと急いだ――

# 第十八章　「錯乱する魔法使いとリスキーな『魔法』」

『夜目（ナイト＝サイト）』の魔法をかけ、鮮明（せんめい）になった視界でもって、リュートは夜の樹海を走り続けていた。

「メリーちゃん……」

リュートの脳裏には、意識を失い、体をぼろぼろにして倒（たお）れているメリーの様子がまだ、はっきりと焼き付いて離れない。

その残像を振り払（はら）おうとしているのか、リュートはあてもなく闇雲（やみくも）に、ただがむしゃらに樹海を進んでいた。

「もう……リュート。いい加減落ち着いてよ。リュートには精霊草がどこにあるかも、わからないんでしょ？」

「……」

「それに、いくら『夜目』を使ってるっていっても、夜に動くのは、危ないだけだよ……。夜行性の凶暴（きょうぼう）な魔物（まもの）もいるんだからね!!」

村からずっとヴィヴィアンは人の姿で、リュートにぴったり並走(へいそう)している。考えなしのリュートの行動に、さすがのヴィヴィアンも少しあきれている様子だ。

「だって、ヴィヴィアン……。メリーちゃんが……メリーちゃんが、俺のせいで！」

「……うん。わかるよ、わかる。でもでも、あの様子なら、メリーって子の命は大丈夫。『緑の女神』の私が保証するから！　だから、リュート――」

ヴィヴィアンの言葉に、ようやくリュートは走る足を止め、一歩一歩と歩き始めた。

「……でもね、もう少し遅(おそ)かったら危なかったと思う。リュートのおかげで、あの子は助かったんだよ？」

ヴィヴィアンはうなだれるリュートの右手を、両手で優しく包みこんだ。

「俺が、あんなもの(ロックベアの胆嚢)を不用意にメリーちゃんに渡さなかったら……。それに、『マナの暴発』じゃあ、たとえ命が助かったって」

「ほんとリュートって、何にもわかっていないのね。メリーちゃんは、もう――」

「……リュートがロックベアの胆嚢を渡した時のあの子の表情(かお)、見えてなかったの？」

誰にでもわかるくらいに、メリーは魔女の仕事に誇(ほこ)りを持っている。調薬との出合いがメリーの凍(こお)り付いた心を溶(と)かした事は、村中が知るほどだ。修業(しゅぎょう)時代だって、薬の話をしているときはいつも目を輝(かがや)かせ、本当にはつらつとしていた。

もちろん、ロックベアの胆嚢を手にもつメリーの昂ぶりは、十分リュートにも伝わっていた。マナの共鳴を感じるほどに。

けれど今のリュートにとっては、その様子を思い出すことが、却ってとても辛いのだ。

ヴィヴィアンの言葉が正しいということは、リュートにもわかっている。それでも、どうしてもヴィヴィアンの瞳を見ることができずにいた。

「はあ……。だから言ってるでしょ、リュート？　精霊草があれば大丈夫だって。普通の人間くらいだったら、マナ機関を完全に置き換えることだってできるのよ？」

「マナ機関を……置き換える？」

「そうだよ。だから、メリーって子も絶対に良くなるの。それも、精霊のマナ機関を手に入れることになるんだからね？　魔女としては今のレベルなんて、ずっと超えて……だよ」

精霊草という植物は、昔から国に伝わる、誰でも知っているようなおとぎ噺に出てくる植物だ。

悪魔にマナを奪われた少年が、神に導かれて精霊草を見つけ、それで調合した薬を飲むと、強力な魔法を使えるようになり、その力で世界を救った――

……とか、確かそういう、ありきたりな物語。

「できれば、あそこには行きたくないんだけど――」

リュートの横をいつもよりゆっくりと歩くヴィヴィアンが、本音をポツリと呟いた。

光にあてると枯(か)れてしまう精霊草は、樹海の南東部、ラスコール岩窟(がんくつ)に自生している。

タッタス樹海の中にあっても、岩窟の内部には緑のマナが到達(とうたつ)しづらく、さらに、精霊草以外の植物は一切(いっさい)存在しない。

そういう環境(かんきょう)だから、ヴィヴィアンですらもほとんど近づいたこともない場所なのだ。

「精霊草が生えているラスコール岩窟はここからだと、南東の方角だよ。でもでも、距離(きょり)があるからやっぱり少し、休んだほうがいいと思うな」

心配そうな面持(おもも)ちで、ヴィヴィアンはリュートを見つめていた。

「だってリュート、今日は魔法、使いっぱなしなんだから、ね？」

「わかってる。ヴィヴィアンが俺のことを心配してくれているってことくらい。それでも、それでも――」

「まったく！　ほんとにリュートなんだから。まあ、私はリュートのそういうところも大好きなんだけどねっ！」

「ヴィヴィアン？」

「でもね、その無茶(むちゃ)だけは聞けないや。やっぱり私は、誰よりもリュートのことが大切なんだ」

「……え？　ヴィヴィアン、なにを――」

「ごめんね――」


ヴィヴィアンが両手をリュートの顔の前にかざし、なにやら魔法をかけた。

リュートの視界はよどみ、力が抜けていく。もはや立っている感覚すらも保てない。


意識が、だんだん薄れていく――

▽

朝らしい。折り重なる木の葉の合間を縫って、柔らかく、優しい光が差し込んでいる。

まぶたの裏が明るくなるのと同じくらいのスピードで、リュートはゆっくりと目を覚ました。

耳にはざわざわと、枝葉が揺れる音が聞こえてくる。爽やかな風が、頬を撫でていく。

どうやらここが、家の中ではないことは確からしい。

「う、うーん……。えっと……ここは、どこだ？」

「あ、リュート、目が覚めた？」

リュートの目に飛び込んでくるのは人の姿をしたヴィヴィアン。

春とはいっても樹海の、特にその夜は、まだまだ冷える。

防寒具も何も持たずに飛び出したリュートの体が冷えることを危惧して、一晩中火の番をしていたのだろう。

リュートとヴィヴィアンの間にはこんもりと、焚き火の跡が見えた。

「ヴィ、ヴィヴィアン？　そうだ！　メリーちゃんが!!」

異常なまでに大きい植物と独特の濃密なマナ、そして何より疲労困憊といった様子の、ヴィヴィアンの姿を見て状況を思い出したリュートは、勢いよく起き上がろうとする。

しかし、何かに捕まったような感覚があり、身動きがとれない。

「落ち着いて、リュート。落ち着いてくれないと、私、離さないから」

「え？　これってまさか……ヴィヴィアンの、魔法!?」

どうやらリュートは、ヴィヴィアンの魔法で縛り付けられているようだ。

ヴィヴィアンの魔法に、リュートが驚くのには理由があった。

『緑の女神』ヴィヴィアンは確かに膨大なマナを宿しているが、『神』という存在はマナ機関を持たず、術式を刻むことも、詠唱することもできない。

人間が魔法を行使するときには、術式と詠唱によって、外界のマナを体内のマナ機関で魔力に変換、詠唱と術式の力を借り、効率を高めて具現化する。

それらを省略することもできるのだが、魔法の効果が低下するばかりか、マナを直接に魔法として発動するためは、生命の核を削ることになり、かなり危険なのだ。

「わかった、わかったから頼む……落ち着くから。ヴィヴィアン、早く魔法をやめてくれ！」

ヴィヴィアンが魔法を使うためには、その莫大なマナを、強引に魔法として顕現する必要がある。相当の生命の核を削る、極めてリスクの高い、緊急事態の方法だ。

もちろん、そのことはリュートも知っている。ヴィヴィアンが魔法を使っている、それだけで、事の重大さを理解できる程には。

見ると、ヴィヴィアンの額に汗が滲みだしている。体は小刻みに震え、顔色もかなり悪い。

「……ほんとに？　約束してくれる？」

「ああ、だから早く！　俺が悪かったから！」

「やっぱりリュートだね。わかってくれて嬉しい……」

魔法の縛りからリュートの体が解放された。

かなり生命の核を削ったのだろう。同時に、今度はヴィヴィアンが力なく、支えを失ったかのようにゆっくりと、頭からリュートの胸の中へと倒れ込んだ。

# 第十九章　「目を覚ました女神様と深奥な岩窟」

「ごめんな。ヴィヴィアン……」

緑魔法で編み上げた蔦のハンモックのすぐそば、そこに横たわるヴィヴィアンを見守りながらリュートは一人、軽率への反省を口にする。

「はぁ……。飛び出してきたから、母さんにも、村のみんなにも心配をかけているかもしれないな……」

「……でもでも。それがリュートの、いいところなんだよ！」

ヴィヴィアンがむくりと、上体をおこした。

「ヴィヴィアン⁉」

「いつでも一生懸命で、馬鹿みたいに真っ直ぐでさ……」

遠くを見つめ、何かを思い出すかのように呟くヴィヴィアン。

掻き上げた金の髪が木漏れ日を抱き込んで、神秘的に煌めいていた。

「ふぁぁあ……。……っと、メリーって子のマナの機関は完全に崩壊してたから。おかし

い話だけど、急がなくても大丈夫。急いでも、結果は変わらないよ」

「うん。もう、わかってるよ」

リュートはヴィヴィアンの頭に手を置き、ゆっくりと撫ではじめた。

「よかった。リュート、落ち着いてくれて。私の下手な魔法も、たまには役に立つみたいだねっ！」

「ヴィヴィアンの魔法には、何度も助けてもらったって」

「いいのいいの。私がただ、そうしたくてそうしているだけなんだから。さあさ、精霊草を採りに行こうよ！　そろそろ元気なリュートも見たいなっ！」

「ヴィヴィアン、ありがと――」

リュートはポツリと呟いた。

「……どしたの？　リュート？」

「えっと……。ところでヴィヴィアン？　精霊草っていうのは一応、おとぎ噺で俺も、子どものころには聞いたことがあるんだけど――」

「もう！　リュートまでそんなこと言うの？　私、そのおとぎ噺は知らないんだけど!!」

不機嫌そうに小さく頬を膨らませ、ヴィヴィアンはリュートの反対側に寝返りをうった。

「ご、ごめん。そういうわけじゃ――」

「精霊草は、この樹海に確かにあるの！　……ま、私でも何回かしか見たことはないんだけどね……」

「ヴィヴィアンでも何回か、って？　それじゃあ、見つけることは……」

「ううん、精霊草がある場所はわかっているの。そこに行くことができれば、確実に手に入るよ。でも……ちょっと場所が、ね」

「場所？」

ゆっくりと、今度はリュートの方に寝返りをうち、ヴィヴィアンは低いトーンで話し始めた。

「精霊草は、樹海の南東の、ラスコール岩窟の中にあるんだ。そこって、結構深くてね」

「……岩窟か。なんだか嫌な響きだなぁ」

「でしょでしょ？　それでも一応タッタス樹海の中だから、緑のマナは届くんだけど……。光が届かないから、光が当たると枯れちゃう精霊草以外の植物は、生えていないの――」

「……」

「だから私にはちょっと薄気味悪くて、どうしても行かなくちゃいけない時以外は、近づかないようにしてたんだ。それに、植物がないし、岩に囲まれているから、土もないの。だから、緑魔法は身体強化くらいしか使えない。だからね、もし魔物が出たら‼」

がばっと、ヴィヴィアンは勢いよく飛び起き、両手を振り上げてリュートに襲いかかる――


「ひぇっ!?」

「ね？　近づきたくないでしょ？」

「それは、なんていうか。絶望的だな……」

緑魔法が使えなければ、戦闘力ゼロと言ってもいいリュートとヴィヴィアンの二人にとって、精霊草入手のハードルは随分と高そうだ。

▽

樹海の中に突如現れた横穴は、まさに大蛇の口だ。

条件は悪いが、他に思いつくこともない。やはり二人はラスコール岩窟の前へとやってきた。

寄り道ばかりのいつもの散策とは違い、脇目も振らずに向かってきたので、まだ正午にもなっていない頃だろう。

しかしヴィヴィアンの足取りは重かった。魔法を使用したダメージから、まだ完全に回復はできていないようだ。

　リュートに心配をかけまいと、普段通りを装ってはいるが、ヴィヴィアンと同じくリュートも相棒のことは良くわかっている。

「いつまでたっても子どものままだな、俺は……」

「え？　リュート、何か言った？　ほら、着いたよ！」

　普段通りを装う無邪気なヴィヴィアンの声に、却ってリュートの胸は強く締め付けられてしまう。

　が、もはや立ち止まっている場合ではない。メリーだけではなくヴィヴィアンのためにも、今は少しでも早く精霊草を手に入れてポルトス村に帰ることが最善だということは、もう十分に理解している。

「精霊草はこの奥。緑のマナも少しは届くけど……。植物を使う魔法はつかえないから、注意してね、リュート」

「ありがとう、ヴィヴィアン。そうなると、俺にできるのは、マナでの身体強化くらいなんだよなぁ……」

　気休めにしかならないことはわかっているが、リュートは近くの木の一部を切り取り、剣の形に成形した。

さらに、地面に転がる木の実をいくつか拾い集める。炸裂弾や閃光玉、煙玉として使用できるように、適当な素材を組み合わせ、魔法を込めて準備しておく。これも、父に習った技術の一つだ。

「この岩窟はね、シルバーサーペントの巣になっていることが多いんだ。冬眠からまだ覚めてないといいんだけど……」

「冬眠か。でも、これだけ暖かいと、それはあまり期待できないよな……。覚悟していかないと」

いつもの春に比べ、今年は随分と暖かい。いつもなら樹海に残っている雪がもう、ごく一部の日陰にわずかに残るのみだ。

ロックベアの活動などからも、普段より魔物の動き出しが早く、活発であることは、明らかであった。

▽

リュートは恐る恐る岩窟の中を進んでいく。カツンカツンと、岩壁に幾重にも反響する靴の音が、ラスコール岩窟の懐が無限に続くのではないかと想像させる。

『夜目』の魔法のおかげで、あくまでも視界はクリアだ。

しかし、なまじ見えているだけに、どれだけ進んでも岩窟内部の景色が変化しないように思え、却って不気味さは増長されていく。

樹海のマナとのつながりが薄れていく感覚があることも、その一因だろう。緊張感に、二人は思わず沈黙してしまっていた。


「……ところでヴィヴィアン。精霊草ってどんな植物なの？」

「にゃ、にゃー！」

「えっ⁉」

思い切って口を開く。不安を払うために聞きたかったヴィヴィアンの声が、意外なかたちで返ってきたことに、リュートは驚いた。

足元を見ると後ろ足で立ち上がって「こんなのだよ」とばかりに前足でジェスチャー？をするビビの姿があった。

「ははっ。ヴィヴィアン、それじゃわからないよ」

ビビの、猫としての動きのかわいらしさに、リュートの緊張は少しほぐれていた。

完全な夜目に、肉球でのグリップによる抜群のフットワーク。それから、蛇の存在を察知するために、高感度の髭を持つ猫の姿が最適であると考えたからなのだろうか。

「にゃ！」

「ヴィヴィアン、どうした——」

突如、リュートの歩みを制するように、前を行くビビが小さく鳴く。

ビビの見つめるその先には、眠るシルバーサーペントの姿が見えた。

小さく寝息を立てているようだ。ゆっくりとした蛇の呼吸に合わせて、岩窟が小さく揺れている。

眠っているためか、シルバーサーペントから、マナの流出をほとんど感じない。

リュートのマナ探知よりも、ビビの方がシルバーサーペントを早く発見することができた。さすがに猫の感覚は鋭いらしい。

それにしても、樹海のシルバーサーペントは巨大だ。ポルトス森林で見かける毒蛇の数百倍はあるだろうか。

小さい蛇だと遠目からではわからない鱗も、一枚一枚が騎士の構える盾のように、その輪郭がはっきりとわかる。

「あれがシルバーサーペント……か。思っていたよりかなり大きいな」

「しっ！　静かに、ね。……蛇は振動に敏感だから」

まるで、小隊の盾をすべて奪い取った樹海の大木が、そのままとぐろを巻いているようだ。その名の通りのいぶし銀。リュートの『夜目』に妖しく浮かんでいる。

幸運にも、シルバーサーペントはまだ深く眠っているようだ。リュート達は何事も無かったかのように、そうっとやり過ごそうとする。しかし――

「うわぁー……。精霊草、あんなところにあるよ……」

「え？　どこどこ？」

「ほら、あそこ。シルバーサーペントのちょうど真後ろだよ。ちょっと明るくなってるでしょ？」

人の姿に戻っているヴィヴィアンが指を指すのは、シルバーサーペントが眠るその、少し奥。岩の壁と、シルバーサーペントとのちょうど真ん中。

回り込まなければならないほどの複雑な位置で、精霊草は仄青く柔らかい光と、色のない、優しいマナを放っている。

「どうする、リュート？　もうちょっと奥まで潜って、他のを探す？」

「でも、奥にもシルバーサーペントがいるかもしれないし、もし挟まれでもしたら危険すぎるよな……」

「うん。それもそっか。あの子、精霊草のマナが心地いいのかもしれないね。よく眠ってるみたいだよ。今なら、気づかれずに採れるかも――」

「そうだな。それじゃ、ちょっと失礼して……」

リュートはシルバーサーペントを起こさないようにと、そっと忍び足で近づき、背後へと回り込む。

手につく汗をぬぐい、精霊草に手をかけた。

「か……硬い！　抜けないぞ」

引き抜こうにも、引きちぎろうにもびくともしない。

岩窟の地面を貫いて生える精霊草は、通常、植物が日の光から得るエネルギーを、全て大地から得ている。

ゆっくりゆっくりと、およそ百年もの時間をかけて育つのだ。岩を砕き、深淵に根差した精霊草を抜くことは、困難を極める。

しかも、すぐそばにはシルバーサーペント。刺すような緊張感、さらには水が溜まって滑る石灰岩の床。何をしようにも、うまく力が入らない。

「う……ぐ……。抜けろよぉ！」

踏ん張り、更に力をこめようとした、その時だ――

「うわぁああ!!」

リュートの叫びが石の壁に反響して、あっという間に岩窟に響き渡った。
精霊草に手を滑らせ、つるつるの岩肌に足を取られ、バランスを崩したのだ。

倒れまいと反射的に支える手をついたのは、鋼の鱗――
たかが人間一人分の体重、しかし刺激は刺激。

不意の衝撃を受け、シルバーサーペントはゆっくりとその目を開いた。

# 第二十章

## 「大蛇とエルフとド派手な赤魔法」

冬眠から無理やり目覚めさせられたシルバーサーペントは、危機感と不機嫌をそのまま殺意へ変え、躊躇(ためら)うことなく、犯人リュートに襲いかかる。

「ヴィヴィアン！」

リュートはすぐさまヴィヴィアンと同化。同時に、身体中(からだじゅう)にありったけのマナをかけめぐらせて、身体強化を施(ほどこ)した。

あたりに植物というマナの源がないので、その強度は普段よりも数段劣(おと)るが、他に方法がない。

『ギシャァァアアアアアア』

『リュート!!　後ろ！　蛇、もう来てるよ!!』

振り返ると、シルバーサーペントは岩窟の内径と変わらないほど口をいっぱいに開け、

その毒牙でリュートを捉えようとしていた――

リュートは腰に差しておいた即席の木剣をするりと抜き、緑のマナを流し込むと、咬合の瞬間を見計らい、何とかシルバーサーペントの攻撃をいなした。

木剣が砕かれずに済んだのは、冬眠明けのシルバーサーペントが鈍重であったことに他ならない。

わずかな幸運。かつての人間最強のパーティー『猛者』をも全く寄せ付けなかった樹海の魔物に、緑魔法抜きでリュートが敵う道理はない。

『リュート、一旦逃げよう！　入り口までおびき出して戦わないと――』

「わかってるって!!」

リュートの防御に意表を突かれ、戸惑う様子のシルバーサーペントを後目に、リュートは再び岩窟の、濡れて滑る石灰岩の地面を蹴った。

身体強化を施してはいるが不十分だ。さらに、足場が悪くて踏ん張れない。この状況では、とても思ったようなスピードでは走れない。

対してシルバーサーペントは、岩窟の主だ。その鱗と骨とでどのような場所でも滑らかに、地形を利用して音もたてず、自由自在に動く。

その速度は、今のリュートとはまるで比べものにもならない。

「は、速い!!」

『リュート！　木の実を使って！』

少しは距離をとれたかと思ったが、淡い期待はすぐに打ち砕かれた。リュートはもう、すぐ後ろに、不気味な気配を感じとっていた。

一人ならとうにパニックだろう。脳内に直接響くヴィヴィアンの声に、なんとか冷静さを保っていられる。

追い迫るシルバーサーペント。

リュートは岩窟の入り口で作っておいた、魔法を付与した木の実をカバンの中から取りだして次々投げ、シルバーサーペントを攪乱する。

閃光玉に、煙玉、それに炸裂弾――

けれど、その程度のものでは、せいぜい追いつかれないように、少し時間を稼ぐのが精一杯だ。

それでも、少しずつだが確実に、二人は出口のほうへと進んでいく――

間もなく木の実が尽きた。邪魔者を退けきったシルバーサーペントは岩窟の壁面を這い、とうとうリュートの前に回り込んだ。

もはや、逃(に)げ道(みち)はない――

『仕方ないよね。やっぱり私が魔法で……』

「駄目(だめ)だ、ダメだよヴィヴィアン。それじゃあ君が――」

シルバーサーペントを眼前に、木剣を震える両手で構えるリュートの脳裏(のうり)を、つい先ほどの、苦しそうなヴィヴィアンの表情がかすめた。

『でもでも、リュートが死んじゃうなんて、それだけは絶対嫌だから！』

「ヴィヴィアン……。ちくしょう!!」

迷っている場合ではないと、リュートとの同化を解くとヴィヴィアンは、両手を前にすっと出し、シルバーサーペントに対峙(たいじ)する。

「なんだよ……騒(さわ)がしいなぁ」

ヴィヴィアンが魔法のためのマナを集めようとしたその時だ。

誰(だれ)もいないはずの岩窟の横穴から、知らない声が聞こえた――

▽

「声⁉　誰だ⁇」

突然の事にリュートはあっけにとられ、脅威を眼前に、首を振り左右を確認する。

シルバーサーペントもまた、新たな邪魔者の存在を探しているようだ。

「人の寝床を荒らしまわってさ。それを聞きたいのは、こっちの方だよ」

「え⁉　エルフ……だって⁉」

岩窟の横穴からのそりと、リュート達の目の前に現れた少年は、寝ぼけた様子で肩まで伸びたボサボサの緑の髪を掻き毟る。

尖った耳に青い瞳。その特徴はかつて存在したと言われる種族そのもの。それは、エルフと呼ばれる種族。

学院でリュートが習った歴史では、確かにエルフは鬼族との戦争に敗れ、居場所を失い絶滅したはずだ。

「あー、もう。そのヘビ邪魔だな。そこのキミ、さっさとやっちゃってよ」

エルフが指すのは件のシルバーサーペント。

当のエルフの魔法がかけられているのか、先程まであれほど素早く動きまわっていたシルバーサーペントは今、苦しそうに動きを止めている。

「ヘビ⁉　あ、ああ、そうか！　シルバーサーペント！」

「チャンスだよ、リュート！　今なら――」

エルフの指示に、我に返ったリュートは、手の木剣に一杯のマナを込めた。出口は近づいている。先ほどよりもまだ、マナ量は多い。

隙だらけのシルバーサーペントの、急所である首にしっかりと狙いを定め、鋭くそれを突き出す――


『ぱきっ……』


岩窟に、なんとも情けない音が鳴り響いた。

リュートの手に残るのはただ、予想外の手応えだけ。

「……へ？　なんで⁇」

渾身の力を込めてその首を突いたはずだ。それなのにマナで強化された必殺の木剣は、シルバーサーペントの硬い皮膚に弾かれ、あっさりと砕け散っていた。

「あ。ゴメン。私、同化解除してたね……」

ヴィヴィアンは作ったげんこつで自らの頭をたたき、申し訳なさそうに舌を出す。

それから、消え去るようにこっそりリュートと同化――

「あのー……。そこのエルフ……さん？　とりあえず逃げましょう……か」

ともかくも、リュートは唯一の武器を失ってしまった。

▽

「なんだい、キミは！　樹海のこんなに深いところまでこられた程なんだから、結構強いんじゃないのかい？」

エルフの拘束魔法が弱くなっているのだろうか。少しずつ、けれど確実に、シルバーサーペントは万全の動きを取り戻していく。

リュートとエルフの少年は、二人で洞窟を脱出しようと並走。ひとたび自由を奪われて、さらに警戒心をむき出しにしたシルバーサーペントが追い迫る。

「いや、そんなこと言ったって、ここじゃあ碌に魔法が使えなくて、戦えないんだよ!!」

「えぇ!?　キミ、それだけのマナがあるのに!?」

「マナはあるさ！　けど!!」

「……ああ、そうか。キミは……緑、なのか……」

肩を落として露骨にがっかりした様子のエルフ。

それもリュートにとっては慣れた反応だ。実際、王立ヴェデーレ魔法学院ではこのやり取りを、何度も経験した。

「だったら……。ほら、これでマナを！」

走りながらもエルフの少年は、腰に付けたポーチをごそごそと漁る。

そこから五色に光輝く指輪を取り出し、リュートの前に差し出した。

「指輪？　綺麗だけど……そんなもので何を？」

「そんなものじゃない！　これはボク特製のプリズムリングさ！」

「プリズム――何？」

「まさか、コレを知らないのかい？　全く、人間ってのは相も変わらず無知で――」

「??」

「……とにかく、指にはめて！　早く、キミのマナを変換するんだ！」

「マナを？　……変換??」

『そうだ！　リュート!!　古代エルフには、マナの色を変換する道具を作れる職人がいたはず。多分、このエルフはその――』

「え？　そうなの？　エルフの情報って、学院の図書館にも殆どなくってさ……」

「キミ！　状況はわかっているんだろ？　何を一人でブツブツ言っているんだ――」

「『いいから！　早くその指輪に緑のマナを!!』」

脳内と耳とに、ヴィヴィアンとエルフの怒号が聞こえた。

後ろをチラリと確認する。もはや、シルバーサーペントにかけられた拘束魔法はほとんど解けているようだ。

自由を取り戻し、さらにスピードを上げるシルバーサーペント。状況はさらに切迫していく。

「わかったよ！　こうすりゃ、いいんだろぉ!!」

ヴィヴィアンとエルフの少年に促され、リュートはエルフの指輪を受け取り、指にはめた。

そして、指示された通り、緑のマナを供給――

瞬間、プリズムリングが緑色に、強烈に発光を始めた。

「うわぁ……すごいマナだ……。適性色がほかの色だったらキミ、すごい魔法使いになれていただろうね」

「それも、耳タコだって……」

緑魔法使いだと知られて一通りがっかりされた後、リュートはいつもそう言われていたので、今更ショックもない。

「えっと……。それで、どうしたらいいんだっけ？」

「赤のマナだ！　ほら、赤魔法でさっさと奴をやって！　イメージすれば、プリズムリングが感応するから！」

「イメージ……イメージ……」

リュートのイメージに呼応したのか、プリズムリングの緑の光が、急速に赤色へと変化する。

「もう十分だよ！　早く魔法を！　蛇がもうそこに来ているじゃないか！」

「赤魔法だって？　それじゃあ無意味にあのシルバーサーペントを――」

「はぁ？　キミ、今更何を言っているんだ⁉」

『リュート！　メリーって子を、助けるって決めたんでしょ！　だったら……格好つけるときは、最後までビシッとつけなさい!!』

「!?　ヴィヴィアン、それって――」

叱咤（しった）の声。ヴィヴィアンに窘（たしな）められた、たった一度の記憶（きおく）が呼び起こされ、それが再び、リュートの心を突き動かした。

『えへへっ。今のリュートなら出来るよ、絶対にね』

「ありがとう、ヴィヴィアン。俺、目が覚めたよ！　赤魔法、赤魔法……？　えーっと……それなら、これだ!!」


『奈落の核にて蒐集（しゅうしゅう）されし憎悪（ぞうお）の紅焔（こうえん）　寄れ、這え、溶（と）かせ』

『地獄炎（ヘル＝フレイム）』


「……なんちゃって」

「もう！　締まらないなぁ……。でもでも、それでこそリュートだよねっ！」

リュートが唱えたのは、学院の図書館で見て憧（あこが）れた、赤魔法の消失魔法（ロスト＝ソーサリー）だ。

「いつか出来たらいいな」と、出来るはずもないのに、妄想（もうそう）と練習だけを重ねた魔法。その術式と詠唱だけはリュートの脳にしっかりと刻まれている。

詠唱を終えると、驚いたことに、音もなく岩窟の地面という地面から炎が湧きだしはじめた。

「う、嘘だろ――」

どこからか止めどなく湧き上がり、濁流のように地を這う地獄の炎が、瞬時にシルバーサーペントを飲み込んでいく。

その光景は、まさに焦熱地獄――

岩窟中に生き残った生物は、赤のマナで護られた二人以外に存在しないだろうほどの圧倒的な威力で、『地獄炎』はリュートの双眸を紅蓮に染めた。

# 第二十一章 「砕けた指輪と高飛車な女神様」

「シルバーサーペント一匹に『地獄炎』だなんて……。何もそんなに強力な魔法を使わなくても……」

エルフの少年にとってその指輪は、よほど大切なものだったのだろう。

注ぎ込まれた大量のマナに耐えきれず、砕け散ったプリズムリングの破片を集めながら、エルフの少年が悲痛の表情で不満を漏らした。

「いやー……。まさか出来るとは思って無かったからさ……。その、なんていうか……ごめん!!」

予想外の出来事の連続に頭の整理がつかず、困惑しながらもリュートは、両手を顔の前で合わせ、エルフの少年にぺこりぺこりと何度も頭を下げた。

「これ作るの、大変なんだぞ！　貸しだからな、貸し！」

「え!?　う、うん。もちろん、必ず返すよ！」

あっさりと許しを得たことにリュートは拍子抜けする。

正直、取り返しのつかないことをしてしまったのではないかと考えていたが、借りだというのであれば、どれだけ時間をかけてでも返せばいい。

「……ところで、エルフがどうしてタッタス樹海(私の領域)にいるのよ。ちゃんと説明してもらうわよ」

いつの間にかリュートとの同化を解除し、ヴィヴィアンは人の姿で立っていた。

両手を組み、憮然(ぶぜん)とした表情で、珍(めずら)しく不機嫌を前面に押(お)し出している。

どうやら『緑の女神』であるヴィヴィアンですら、エルフが樹海にいることを知らなかったようだ。

「その声……！　まさか、ヴィヴィアン様では⁉」

「な、なな、何よ⁉　……あんた、どうして私の名前を知っているのよ」

声に、プリズムリングの破片を拾い集めることを忘れ、顔を上げるエルフの少年。

それどころか、せっかく集めた破片をパラパラとまき散らしている。勢いもそのままに、ヴィヴィアンに駆(か)け寄っていくと、流れるような動作でヴィヴィアンの前に跪(ひざまず)いた。

どうやらエルフの少年には、ヴィヴィアンのことを知る、確信があるようだ。

反対に、思いがけず自分の名前が呼ばれたことに、ヴィヴィアンは驚(おどろ)きを隠(かく)せない様子だ。

「えー！　覚えていないんですか？　ほら、ボク、ヴィヴィアン様にここに匿(かくま)っていただいて……」

「えっと……。誰だっけ？」

美しい姿勢で跪いたまま、うるうるとした瞳(ひとみ)でヴィヴィアンを見上げるエルフの少年。

ヴィヴィアンは少し気圧(けお)されながらも「何のことだか」といった表情で両肩(りょうかた)を上げ、困った顔でちらり、リュートを見遣(みや)る。

「この顔よく見てくださいよ！　ボクはですね、ヴィヴィアン様に、花の魔法をかけてもらった――」

「エルフ……匿う……花の魔法⁇　うーん……覚えているような、覚えていないような……」

顎(あご)に人差し指を当てて首を傾(かし)げ、一応は記憶をたどるフリをするヴィヴィアン。

「ヴィヴィアン様ぁ……。ほら、樹海の近くにあった、エルフの、コルマニ集落のロニキスですよぉ！」

「コルマニ集落？　……ああ、あれね。樹海のはずれに、随分昔にあったエルフの集落よね？」

「やっぱり！　ちゃんと覚えて下さっているじゃありませんか！」

「あんたの事は覚えてないけどね？　でもでも、確か……あそこは鬼族に滅ぼされたんじゃなかったっけ？　確か、三百年くらい前だったかな」

「さ、三百!?　ボクはそんなに長い間眠っていたのですか――」

「多分、だけど」

「エルフの集落が鬼達に滅ぼされたのは事実です。あいつら、何の前触れもなく突然現れて……誰も見たことのない部族でした。みんな次々と殺されて……ぐすっ」

眠る前の悲惨な出来事を思い出したのか、ロニキスは目に涙を浮かべ、すすり泣いていた。

「ほら、その時逃げてきたボクを、ここに匿ってくれたじゃないですか！　話を聞いて下さって、大変だったね……って」

「うわ!?　私ったらやっさしい！　うーん……でもやっぱり思い出せないや。あんたに魔法なんて使わないでしょうから、多分、適当にその辺の毒草でも飲ませたんじゃない？」

「そ、そんなぁ……。毒草だなんて、ひどいですよ、ヴィヴィアン様ぁ」

冷たいヴィヴィアンの言葉に、ロニキスはがっくりと両膝をついた。

「悪いんだけど……。その頃って私、何にも興味なかったから」

言い終わり、ヴィヴィアンはもう一度ちらりとリュートの方を見遣り、「分かるでしょう？」と、肩をすくめて苦笑い。

ヴィヴィアンにとって、魔法を使うことはかなりのリスクだ。長期間にわたる魔法をかけていたとすれば、相当の生命の核を削ることになる。

エルフの眠りが魔法によるものでないことは、その目覚めで、ヴィヴィアンのマナやヴィタに変化がないことからも明らかだ。

けれど、リュートは黙っておくことに決めた。

「ほら、ヴィヴィアンはきっと、エルフが滅びたらかわいそうだと思って、そうしたんじゃないかな？　うん！　きっとそうだよ！」

ロニキスと名乗ったエルフの少年の、あまりの悲壮感に堪らずリュートが、何ともいい加減な助け船を出す。

「うーん……リュートが言うなら……。このエルフ面倒だし、もうそれでいいや！　そうよ、私があんたを、エルフを仕方なしに助けてあげたのよ！　……あー、思い出した思い出した。私がコニサス……だっけ？　あんたをここに匿ってあげて、花の魔法で眠らせておいてあげたのよ！　ほら、感謝しなさいよ」

「ヴィ、ヴィヴィアン……？　いくら何でもそんな適当な！　名前も違うし――」

「ううう……やっぱり覚えていてくださったんですね！　ありがとうございます、ヴィヴイアン様！」

ヴィヴィアンの言葉に、ぱっと、ロニキスの表情がころりと変わった。すぐさまヴィヴィアンの手を両手で掴み、大きくその手を上下に振る。

「え!?　あ、あの……ね？」

やはりどうしても思い出せないらしい。ヴィヴィアンは困惑した表情でその情熱的な握手を成り行くままに受けていた。

「助けてよー」と言っているような、困惑するヴィヴィアンの表情が、リュートにとってはとても新鮮だ。

ヴィヴィアンとエルフの少年とのほほえましいその様子に、戦闘の緊張感から解き放たれ、思わずリュートの口元は緩んでいった。

▽

「ヴィヴィアン様、こちらが、お探しの精霊草です！」

今まさに、自分が発見しましたよとばかりに、ロニキスは自慢げにしている。

三人は、シルバーサーペントと邂逅した場所、精霊草の生えていた場所に移動していた。

慣れない赤魔法、『地獄炎』で精霊草まで燃やしてしまったのではないかと、リュートは心配していたのだが、精霊草はどうやら、魔法で焼くことができるような代物ではないらしい。

仄青い光が精霊草を守っているとでもいうのだろうか。その光は、先ほどよりも力を増しているように見えた。

「でもさ、ロニキス。それ、めちゃくちゃ固くて、ビクともしなかったんだよ」

「ふん！　精霊草を力で抜こうとは、いかにも愚かなニンゲンの考えそうな事だな！」

「あんたね……。もう一回眠りにつきたいの？」

ヴィヴィアンが「神威」のオーラを身に纏わせ、声の調子を一段下げた。

「め、めめ、滅相もありません！　……い、いいか、ニンゲン！　ボクの言うとおりにするんだ！　その奇妙なマナがあれば、きっと一人で抜くことができるはずだ。そもそもだな、精霊草は、ボクたち崇高な古代エルフの中でも、長と呼ばれる使い手が五人がかりで――」

「能書きはいいのよ！　ほら、ポニケス！　早くしなさい！」

「ポニ……なんですって？　ロニキスですよね、ボクは？　ニンゲン、いいな？　ボクの完璧な指示通りに五色のマナを操作するんだぞ！　まずは――」

ロニキスに言われるがまま、リュートは精霊草に手を掛けた。

「なあ、ロニキス。ヴィヴィアンとの同化はしなくていいのかな？　俺だけのマナじゃ、さっきみたいな魔法は使えないいんだよ」

「ヴィヴィアン様との同化などと恐れ多いことを！　……精霊草を抜くのに、マナの量は問題じゃあない。いいか、重要なのは五色のマナのバランスと、それを同時に流すことであって――」


『すぽっ！』


「あ……。抜けた。」

「なん……だと？　しかも、状態も完璧……!?」

ロニキスが言い終わる前に、どれだけ力を込めても微塵も動かなかった精霊草が、根だけを残し、すっぽりとリュートの掌の中に収まっていた。

「さっすがリュート！　見たでしょ、タニケル！　最初からあんたの助けなんて、いらなかったのよ！」

「うぐ、ぐぐぅう――」

「これがあれば、こんなジメジメした岩窟なんかに用はないの。それに、ダニエル、あなたにもね。それじゃあ、また何百年か後にねっ！」

　そう言って、ヴィヴィアンは、リュートの手を握ると、岩窟の入り口の方向へと、踵を返そうとした。

「だから、ロニキスですってぇ……。それに、何百年も後にだなんて、ひどすぎますよぉ……。と、ところで、ヴィヴィアン様？　精霊草はわずかでも光があたると枯れてしまいます。それに、仮に持って帰れたとしても、そのままじゃこれは、何にも使えません。せいぜい、枕元に置くと安眠効果が得られるくらいで――」

「えっ⁉」

「何よそれ、どういうこと？　精霊草はマナ機関の礎となるはずよ？　ボルコイ、その話、詳しく聞かせて頂戴」

「ぼる……。もう突っ込みませんからね！　精霊草は、目的に応じて、魔力を送りながら調剤する必要があるのです！　ごく一部の、優秀なエルフの職人にしか扱えない、尊く、高度で、緻密な、それでいて最高の技術なのです‼」

　ぱん、と胸をたたいて鼻息を荒くし、自慢げにするロニキス。

「そこのニンゲンでは、何百年やっても、ぜぇーったいに真似できませんよ！　今度こそね！」

「調剤⁉　はぁ……。それなら、やっぱり無理なのか。もう、ロニキス以外のエルフは絶滅してしまったんだから――」

「おいニンゲン！　リュートと言ったな？　貴様、痛い目にあいたいようだな？　精霊薬の精製など、ボクにかかれば簡単なことだ！」

ヴィヴィアンはリュートの方を確認してため息を一つ、少し躊躇った様子で目を伏せた。

そして、固唾を呑むと、意を決した様子でロニキスに依頼をする。

「……大事な人の、その大事な友達のマナ機関が壊れちゃって……ロニキス？　お願い、できるよね？」

「もも、もちろんですよ、ヴィヴィアン様！　すぐやります、すぐにやります！　ボクにかかればあっという間にできます。ですから、ほんの少しだけお待ちください！」

ヴィヴィアンの依頼に、慌てながらも喜び勇み、鞄から、なにやら様々な道具を取り出すロニキス。

岩窟の地面にどかっと座り、早速作業に取りかかるようだ。

もちろんリュートが依頼したとしたら、こうすんなりとはいかなかっただろう。

「ヴィヴィアンって、怖いところあるよな……」

「もう！　意地悪言わないでよリュート！　私が頼みごとをするなんて……。ほんと、リュートのためだからやるんだからね！」

ヴィヴィアンはぷいっと、そっぽを向いてしまった。

「ありがとう。ヴィヴィアン」

どうにも『緑の女神』様は気位が高いらしい。

一対一でしか話すことのなかったリュートにとってはこれもまた、今まで見ることのなかったヴィヴィアンの新たな一面だ。

# 第二十二章　「精霊薬とセキニンと突然な求婚」

「できましたよ！　これこそが精霊薬です！　エルフの中でも最高の職人である、このロニキスが作ったんだから間違いありません！」

「ありがとう、ロニキ――」

念願の薬の完成に喜び、真っ先にリュートが手を伸ばし、精霊薬を受け取ろうとするが、ロニキスはそれをひらりと躱した。

「勘違いするなニンゲン！　これは、ヴィヴィアン様に差し上げるのだ！」

「うぅぅ……。なにもそんなに嫌わなくても……」

「……ささ、ヴィヴィアン様、どうぞお納めください」

さっと、リュートの前を通り過ぎ、ヴィヴィアンの眼前に精霊薬を両手で掲げて、跪くロニキス。

「あ、ありがとうゴンザレス。えっと……感謝？　するわ」

「ゴンザレスぅ!!　もはや、文字数までもっ!?　ボク、ロニキスといいますので。よろし

ければ覚えておいてください……」

相変わらずの対応にがっくりと肩を落とすロニキスから精霊薬を受け取り、リュートとヴィヴィアンはラスコール岩窟を、足早に後にした。

エルフのロニキスは何か調べたいことがあるらしく、しばらくラスコール岩窟に残るようだった。

▽

ラスコール岩窟を脱出した頃にはもう日が傾いていたので、帰路、二人は樹海の岩陰で野営をすることにした。

精霊薬を手にした安心感からか、ヴィヴィアンの体調を気づかってか、意外なことに休息を申し入れたのはリュートの方だ。

ポルトス村についたのは、その翌朝のこと。メリーの家の火災からもう二晩が過ぎている。

ろくに行先も告げずに飛び出したリュートには様々気になることもあったが、それでも真っ先にメリーがいる診療所へと向かった。

「マクシミリアン先生、メリーは？」

「おお、リュート君じゃないか!! 今まで一体どこに行っていたんだい？ みんな心配していたよ……。そろそろ自警団が君を探しに森へ出発する頃だな。クレスタが行かなくていいって言うもんだから――」

「ご迷惑をおかけしました。後で団長にも謝っておきます。でも先生、その話は後で――」

「おっと、すまない。君も大人だ。あまり詮索することではなかったか。それに、リュート君。その様子だと、目的のものが手に入ったようだね？ 全く、一昨日の消火といい、あの中からメリーちゃんを救い出したことといい……。ふぅ、昔から、君にはいつも驚かされる」

「先生――」

「……ふふ、老人の悪い癖だな。メリーちゃんは奥の病室だよ。あれからまだ意識は戻っていないが、治療も済んで、安定している」

「先生、本当にいろいろと、ありがとうございます」

様々なことを飲み込んでくれたであろうマクシミリアンに一礼し、リュートは示された方向、メリーの眠る病室へ向かう——

「あ！　リュート君、ここは診療所だから、さすがに猫は……」

診療所を守るマクシミリアンには、とてとてとリュートの後ろをついてくるビビのことが気になったようだ。

声に、ビビはちらり後ろを振り返り、剥き出しのマナを放って、威圧するようにマクシミリアンを睨みつけた。

「う、うん……。今日は特別だよ。私は何も見ていない、見ていない——」

恐怖に、マクシミリアンは体をのけぞらせて目を見開き、くるり真後ろへと、座る椅子の向きを変えた。

▽

逸る気持ちを抑えてあくまで静かに、一人と一匹はメリーの眠る病室に入った。

漆喰で塗られた清潔感のある純白の部屋で、メリーは小さく寝息を立てながら、深く、深く眠っているようだ。

マナ機関の消失は、人体に多大なダメージを与える。それ自体で命を失うことは稀だが、通常の生活が送れるほどに回復するには、かなりの時間がかかる。

優れたマナ機関を持つ魔女にとって、消失の反動はなおさらだ。

「お待たせ、メリーちゃん」

眠るメリーに近づき、リュートはロニキスに渡されたガラスの小瓶をこぼさないように丁寧に開けた。瓶の中は精霊草の放つマナの色そのままに、仄青い液体で満たされている。

期待と不安。リュートはメリーの口に、慎重に精霊薬を垂らしていく。

煌めく青色の粒が取り込まれていくことに呼応してメリーの体は明滅し、全身が青白い光に包まれていく——


やがて、光がメリーの中に集束。

マナの共鳴。メリーのマナ機関が確かに脈動し、新たな命を吹き込まれたかのように、全身にマナを巡らせていくことをリュートは確かに感じていた。

精霊草の光が完全になくなる頃、ぴくりと、ほんの僅かにだが、メリーの体が間違いなく反応した。

「メリー？　メリーちゃん⁉」

「う、うーん……」

「メリーちゃん！　気がついた？」

「え？　リュート先輩？　……私、どうして？　ここは？　マクシミリアン先生の診療所……」

　メリーがゆっくりと目を開く。反応に、リュートは思わず、いまだ力なく横たわるその両肩を強く掴んでしまう。

「ちょ、ちょっとリュート先輩。いきなり情熱的すぎますよぉ!?　嬉しいです……けど、まだあまり揺らさないでください。どうにも体中が痛むみたいでして……」

　メリーの言葉に、ふっと我に返るリュート。

　動きは止めるが、メリーの肩を掴んだその体勢のまま、しばらくの間固まってしまった。

「ごめん、メリーちゃん。俺が考えなくあんなものを渡したせいで……」

　深々と頭を下げるリュートの言葉に、メリーは仰向けのまましばし、記憶をたどるように、診療所の真っ白な天井を眺めた。

「……そうでした。私、大失敗をしちゃったんです。でもね、リュート先輩……。アレの扱いを間違えたのは私です。この怪我も、『マナの暴発』も私のせい。それくらい……それくらいわかっていますよ？」

メリーはゆっくりと体を起こし、自身の状態を確かめるように手、脚、体中に施された治療の跡を一つずつ確かめていく。

「リュート先輩が、助けてくれたんですよね？　言われなくてもどうしてかな？　わかっちゃうみたいです――」

痛みも残るはずなのに、顔を上げたメリーは、確かに微笑んでいた。

「命あっての、ですから、本当に感謝しています。……ありがとうございます、リュート先輩！　はぁ……でも、もうお薬、作れないのかぁ……。私、これから何をして生きていこうかなぁ……」

「メリーちゃん、君のマナき――」

「そうだ!!　リュート先輩！　私のこと、もらってくれませんか？　セキニンです！　セ、キ、ニ、ン!!」

名案!!　とばかりに目をキラキラと輝かせたメリーは、掛け布団の端をぎゅっと握りしめ、裏返るほどに声を張り上げ、いつになく真剣なまなざしでリュートを見つめていた。

「え!?　メリーちゃん??　それって――」「にゃにゃにゃっ!?」

「……えへへっ。冗談ですよ。もちろん、本気にしてくれてもいいんですけどね？」

悪戯っぽく笑い、それから、自身のマナの流れを感じるかのように手を握り、開くメリー。

『マナの暴発』の代償は有名だ。

リスクのある調剤を行い、失敗ののちにマナ機関を失った魔女を、メリーは何人も知っている。

「えっ⁉　どうして⁇　確かに『マナの暴発』したのに‼」

驚きに、メリーが両手を口に添えると、リュートとビビは、顔を見合わせた。

「――私の……マナ機関が生きている？」

依然として体内をめぐるマナに、「信じられない」とばかり、目を白黒させるメリー。

「リュート先輩‼　私に、何をしたんですか⁉」

昂揚と興奮とで体の痛みも不調も忘れたのだろうか。飛び起き、今度は反対にメリーがリュートの両肩を掴み、力いっぱい揺らす。

突然のメリーの勢いに、驚いたビビは、不在となったベッドにぴょんと跳び乗った。

「お、落ち着いてよメリーちゃん。俺はただ、この、精霊草から作った薬を――」

液体はすべてなくなったが、わずかに精霊草特有の、マナの余韻が残る瓶を、リュートはメリーの目の前に差し出した。

「せ、精霊草ぉぉぉお⁉」

余りの衝撃だったのか、口をあんぐりとさせたメリーが、今度は脱力し、リュートを掴んでいた手をぶらんと下げた。

「はあー……。先輩って、ほんっとに常識はずれですね」

「にゃにゃっ！」

「ビビちゃんも、そう思う？　その空き瓶と、生きている私のマナ機関……。それに、異次元なあの素材のこともあったから、もう疑う気になんてなれません。精霊薬の話、本当なんですよね？」

メリーはベッドに腰を掛け、おもむろにビビを撫で始めた。

「でも、そんなに貴重なもの、私なんかに使わなくても……」

「メリーちゃんの薬には、村のみんなも、もちろん俺も何度も助けられてきたんだよ？……それに、俺、メリーちゃんはやっぱり薬を作っているときが、一番輝いてると思ってるからさ」

「はえっ⁉　……せ、先輩って、よくもまあそういうこと、軽々と言えますね」

メリーは小さく首を動かし、リュートのいる反対側の壁のほうを向いて呟いた。

「にゃ！」

ジト目でリュートを見ながら、傍でビビも、同調するよう短く鳴く。

「えっ⁉　ビビまで……？　メリーちゃん、俺、何か変なこと言った？」

「えへへっ。……いーえ、なんでもありませんよーだ！　先輩、それにしてもこの猫ちゃん――」

人の言葉を理解してるかのような、その反応を不思議に感じたのか、メリーは、今度はビビの方を向いた。

「え⁉　先輩、まさか、まさか……⁇」

両手をビビの脇に入れて持ち上げ、まじまじと観察を始めるメリー。

「にゃ？」

ぶらんぶらんと、窮屈な体勢を強要されたビビ。

「ぐにゃぁあー‼」

不機嫌そうにじたばたと、しばらくは我慢していたが、ついに堪えきれず、メリーの手を噛んで脱出――

「痛っ！　ごめ――いえ、失礼いたしました。お赦しを」

何か確信を得たのだろう。ベッドの上に着地したビビを前にして、メリーは床に跪いた。

魔女はその特性上、自然や、自然神への信仰がとても深い。

ヴィヴィアンが言っていた精霊のマナ機関を得たことで、ビビの正体に気づいたのだろうか。

「はは……なるほど。大体わかりましたよ。リュート先輩の異常性の正体が！」

「い、いくらなんでも、異常って……」

「精霊薬のおかげなんでしょうかね。私の体の中のマナの感覚が前とは全然違います。リュート先輩の凄さも、その猫ちゃ――。ううん、大自然のマナの流れも、今まで気づけなかったことも、何だかわかる気がします」

「メリーちゃん？」

「はぁ……色々ありすぎてなんだか疲れちゃいました。リュート先輩。少し休ませてください。これだけのマナ機関を頂いたので、少し、考えを整理しないといけないみたいです。それに、リュート先輩にも、その……恩返し、しなきゃですから。……残念な事に、セキニン、とってもらえなくなっちゃいましたからね」

「恩返し？　そんなことはいいって。ただ、俺がそうしたくてそうしたんだからさ」

「！　また……その言葉、ですか」

メリーは誰にも聞こえないように呟くと、再びベッドに仰向けになり、布団を頭からかぶった。

「？　……うん、長居してゴメン。メリーちゃん、あれだけのことがあったんだから、しばらくはゆっくり休んでよ」

「すぅー……。すぅ、すぅ――。メリーはとっくに眠っていますよ、先輩」

「ははっ。それなら安心だ。じゃあ、行こうか、ビビ」

「にゃー!!」

しゅたっとベッドから飛び降りるビビ。リュートはくるりメリーに背をむけ、扉のほうへ歩き始める。

「……リュート先輩、ヴィヴィアン様、ありがとうございました」

扉と反対側に寝返りを打ったメリーの、小さな声は純白の壁に跳ね返り、確かにリュートの耳へと届いていた。

# エピローグその1 ―「アルフォンス学長と行商人ハンス」

「アルフォンス学長。ポルトス村からの行商人が到着したようです」

「ポルトスだと？　ああ、魔女メリーの躍霊薬だな。そういえば、そろそろ切れる頃だったか――」

アルフォンスは目の前の小机の引き出しを開けると、整然と並べられた数十もの、全く同じデザインの小箱の中から、迷うことなく一つを取り出して蓋を開いて確かめた。

「ん？　まだ十分にあるではないか。生薬を調合した魔女の薬は、鮮度こそが命だ。……これだから無知な田舎の商人は困る。おそらくは納品ミスの類だろう。持ち帰るように伝えておけ！　……だが、この薬はだけは替えがきかん。くれぐれも、丁重にな」

「い、いえ、学長。今回は、例の躍霊薬の納品ではないようで――」

「なにっ⁉　それでは一体何用だというのだ？　あの辺境から他に買うものと言えば、せいぜい葉っぱの類だろう？　それならば、直接炊事棟への納品となっているはずだ」

苛立つアルフォンスは、鏡のように磨き上げられた愛用の革靴で、コツコツと床を叩いた。

「それが……。学長にどうしても試(ため)して頂きたい品があるとのことでして。ハンスと名乗る商人がもう、執務棟(しつむとう)の前まで来ておるのです」

「？　ハンス……ハンス……。おお！　そうだ、思い出したぞ！　『ポルトスの若き魔星(ませい)』の幼なじみとかいう、あの背の高い青年だな？　彼はなかなか優秀な商人でな。この薬を私に紹介(しょうかい)してくれたのも、他でもない、彼なのだよ」

「左様でございましたか。学長とのお目通りには、王の許可がいると何度も伝えたのですが……。道理であの強気、納得(なっとく)がいきました」

「ククク……。その彼が私をご指名だというのだから、これは期待が持てるな。……もしや、『魔星』が新たな薬を開発したのだろうか？　実に興味深いではないか。良いぞ。すぐに通してやれ」

「恐(おそ)れながら、学長。学長へのお目通りには、天星王や、その他高官共の書類が必要では？　それも、商品の受け渡しなどとなると尚更(なおさら)――」

「その、私自身が良いと言っているのだぞ！　他に何の許可が必要だというのだ!!　フン……このような紙切れ、いつものように処理すれば良いのだろう？」

『代書屋(デビルズ＝フェイカー)は門より出』

アルフォンスが右手にマナを凝集し、魔法を発動すると、その右手にどこからか、漆黒のペンが現れた。

「ほら、早く寄こせ！　マナの浪費だ!!」

アルフォンスの眼前の小机に並べられた十数の羊皮紙には、次々と承認のサインが記されていく。筆跡も、固有であるはずのマナ紋でさえも、それぞれ、本人の者と見分けが付かないほどの精度で。

「これで文句はないだろう？　奴らの目は節穴だ。この程度の偽装で事足りる」

「……さすがは学長。見事なお手並みで」

「ククク……。『魔星』の貴重な新作となればだ。みすみすこの機会を逃すわけにはいかんからな――」

▽

「謁見をお許し下さり、感謝いたします。アルフォンス学長」

ハンスは片足を下げて膝を軽く折り、腕を水平にして、丁寧なお辞儀をする。

「おお！　ハンス殿？　いつも納めて頂いている『魔星』の躍霊薬、やはりあれは絶品ですな！　おかげでこの通り私の魔力も、幾分か練度が高まりましてな――」

言って、上機嫌のアルフォンスは、執務棟全体に重圧をかけるほどに、黒の魔力を背から立ち上らせた。

「……や。僕には魔法のことが、あまりよく分かりませんので」

「ふむ。この喜びを共有できないとは、誠に残念な事ですな……。まあ良いでしょう。ところで、今日は何用で？　ハンス殿自らお越しになるとは、よほどの事だと思いましてな。急ぎ書類を整えた次第なのですよ」

「ええ。ポルトスの誇る魔女メリーの薬を、学長が大変喜んでくださっていると、商人仲間から聞きまして。……この新しい作物ならば、さらに喜んでいただけるのでは、と、そう思ったのです」

「さ、ささ、作物？　ですと？」

作物と聞き、わなわなと、アルフォンスの肩が震え始めた。

拳をぐっと握りしめ、掌に爪を食い込ませている。かなりの力が込められているのだろう。ハンスの目には、うっすらと血がにじんでいるようにすら見えた。

「……ハンス殿？　困りますな！　農作物になど、私は微塵も興味はありませんよ。そういったことなら、炊事棟へ直接話をして頂きませんと……。ふぅ、魔法軍の最高位たる私の魔法、安くはないのですがね？」

脱力した様子で椅子に腰を下ろすとアルフォンスは、書きかけの書類に目を落とし、右手にペンを握った。空いた左手はハンスに向け、さっさと帰れとばかりに、無気力にひらひらと振る。

「まあまあ、そう結論を急がないでくださいよ、学長先生。メリーの薬の時も、そうだったじゃあありませんか？　学長ほどの御方が、この作物、トマーテを見て何も感じないとは、僕にはとても思えませんが――」

言って、ハンスはにやりと口角を上げると、持ち込んだ木箱の蓋を開け、そこから真っ赤に熟したトマーテの実を一つ取り出す。

そして、座るアルフォンスが取りかかっている書類の真ん中に、あくまでトマーテの実にダメージを与えないよう、そうっと置いた。

「なっ⁉　こ、これは一体――」

邪魔をするなと言わんばかり、突き返そうとトマーテの実を鷲掴みにした瞬間だ。

アルフォンスが特徴的な黄色の瞳を、かっと見開いたのは。

「この作物の潜在能力を、たった一目でご理解いただけるとは。さすがは学長先生でいらっしゃる」

「きさ……！　ハンス殿⁉　この実を一体どこで‼」

「商人に仕入れ先を尋ねることは、最大のタブーではありませんか、学長先生？」

「ぐ、ぐぬぬ――」

「そうですね……。では一つヒントを。最近村に帰ってきたある青年が見いだした、とだけ、お伝えしておきますよ」

「ふん！　この私には辺境の事情など、知りようもない」

「……ははは っ！　違いありませんね‼　……それで学長、このトマーテ、学院で購入していただくことは出来ませんでしょうか？」

「学院で、だと？　個人的ではなくてか？」

「いえね、これを育てている男が、実に生真面目なヤツでして。マナ虚脱で苦しむ魔法学院生や魔法軍を支えたいと言って、どうしても聞かないのですよ」

リュートの真剣な眼差しが脳裏をよぎり、ハンスは思わず肩をすくめた。

「偽善を抜かすな！　商人の目的などいつも一つだろう！　……幾らだ！　数は‼」

変わらずトマーテを手に持つアルフォンスの肩の震えは、激しさを増していく。

「価格は……これでいかがでしょう？」

「……き、貴様!?　学院を、私を愚弄するのか！　これだけの品が、そのような低価で卸せるはずが――」

「滅相もありません。仰るとおり、本当に馬鹿げていますよね？　僕も同じ事を彼にはそう伝えたんですよ。納品先を選びさえすれば、きっとこの数倍、いや、数十倍高い価格で卸せるってね」

「ならば――」

「先ほど申し上げましたとおり、これは彼の希望なのですよ。僕も説得したのですが、なかなか頑固な男でして。それでも、彼の能力と学院の規模……商人としては安定した収入、これを逃す手はありませんよ。ま、かなりの薄利ですけどね」

「……いいだろう。トマーテと言ったな。この作物は全量学院で買い取ると約束しよう。その『彼』とやらに伝えてくれ。学院は、そしてヴィエナ王国は貴殿の能力と、善良な精神に最大限感謝をする、とな」

アルフォンスの言葉に、思わずハンスは吹き出しそうになり、慌てて口に手を添えた。

「貴様！　何がおかしい」

「……これは失礼を。彼が言うには、トマーテは夏が旬だそうです。今はまだ僅かの量ですが、その頃にはきっと、この執務棟が真っ赤に染まるくらいのトマーテをお持ちいたしますよ」

アルフォンスは、ハンスが用意しておいた、事細かに契約の条項が書き込まれた束の羊皮紙を適当にぱらぱらとめくり、最後の空欄に自身の署名を記した。

「毎度、ありがとうございます」

もういちど丁寧に一礼をすると、ハンスはゆっくりとアルフォンス学長に背を向けた

――

▽

「学長。一体その作物がどうしたというのですか？　いつも冷静な学長があれほど動揺なさるとは――」

黒魔法で姿を隠していた従者が、ゆらりと浮かび上がり、アルフォンスの背後にその姿を現した。

「お前の目は節穴か？　これが内包するマナの純度が見抜けんとはな。トマーテ、と奴は

言ったか。これは、簡単に言えばマナポーションの類だ。……それも、緑のマナが存分に満たされている」

「緑⁉　そ、それでは学長、あなた様の崇高なる計画が――」

「フン！　私を誰だと思っているのだ！　あのお方と私とで立てた完璧な計画がだ！　辺境の村の一農家と商人風情に脅かされるとでも、本当にお前は思っているのか？」

「め、滅相もございません⁉」

従者が纏うローブの襟元をぐっと掴んで押しつけ、じりりとアルフォンスはにじり寄る。

「ほう……。ならば、この先お前がとるべき行動も……当然、分かっているな？」

言って、手を離すとアルフォンスは、トマーテの満載された木箱へと、視線を移した。

「御意に――」

魔法の力でふわりと木箱を浮かせると、木箱と共に従者は姿を消した。

従者のマナが消滅したことを確認し、アルフォンスは手にもつトマーテを一かじり。

「忌々しい緑魔法が……。邪魔者を一匹排除したかと思えば、次から次へと湧いてきおって！　それにしてもポルトス、ポルトスと言ったな――」

口に含んだトマーテを床に吐き出すと、掴んだ手に黒のマナを込める。

深紅の実が、果汁を噴き出して、ぐしゃりと握り潰された。

アルフォンス自身の黒のマナと、腕を滴る深紅の果汁。

混ざり合うそれは燭台に揺らめく炎に照らされ、まるで伝承の悪魔の血のように、赤黒く輝いていた——

## エピローグその2 「フェリスとマリア」

「入りますよ。フェリス様」

「……ああ、マリアか。待っていたぞ、入ってくれ」

ギィと、軋む音を立て、寮の扉が開いた。

眉唾な話だが、王立ヴェデーレ魔法学院は、創立千年と言われている。

寮の改装頻度にもよるが、扉の古さから、その話も満更嘘ではないかもしれない。

「今日はいい天気ですね。フェリス様」

「そうだな。魔物の血の色も、少しは忘れられそうだ――」

椅子に腰掛けたフェリスは、窓の外を眺めながら両手を上げ、ぐいっと背筋を伸ばした。

「……それで、本日はどのようなご用向きでしょうか？」

「ああ。手紙を、一通送ってもらいたくてな」

フェリスは、家紋が捺されたシーリングワックスでしっかりと封印された手紙を、指で挟んでマリアの顔の前へと差し出した。

「フェリス様が……お手紙、ですか？」

意外な出来事にマリアは目を見開き、きょとんとした顔をする。

「……なんだ？　私が手紙を書くことが、そんなにおかしいか？」

「いいえ、とんでもございません。ただ、少し珍しいな、と思っただけで……」

「やはり、図星ではないか」

「はて、宛先は――」

マリアが封筒を裏がえして、納得したように首を大きく縦に振った。

「なーるほど。リュート様宛でしたか。すると、これは恋文――」

「なっ⁉　マリアまでラウラと同じようなことを言うのだな……。私たちの関係は、貴様達にはどう映っていたというのだ⁇」

「関係？　それはもう、仲睦まじく……。なにせ、毎晩のように公園に出かけておいででしたから」

「なぜそれを⁉　い、いや、あれはそういうことではなく――」

「……ふふっ。冗談です。訓練のため、ですよね。もちろん、存じ上げておりますとも」

マリアは手を口元に添え、上品に笑った。

「まったく、ラウラといい、私を揶揄うのもいい加減にして欲しいものだ。その手紙はあのバカの様子窺いだ。出ていくときに私に偉そうに宣言しておいて、王都の状況も知らず、田舎で呆けているのではないかと、心配になってだな――」

「ふふふっ。わかりました。リュート様の事が心配なのですね」

「むぐっ。マリア、そこを切り取るか……。だから――」

フェリスは勢いよく椅子から立ち上がり、一歩、二歩とマリアに近づく。

「ところで、宣言……というのは例の、農業のことでしょうか？」

「そうだ。リュートは農業で王都を、国を支えるなどと大口を叩いて、ここを出ていったのだからな！　確かに私は聞いたのだ！」

言って、フェリスは髪に飾った黄色の花に手を当てた。

「あれからまだ一ヶ月と少しですよ？　ポルトスに戻ってすぐに取り組まれたとしても、未だ収穫まで至っていないのではありませんか？」

「……言われなくとも、わかっている。だから、様子窺いだと言っているだろう」

あまりにしつこく追及されるものだから、フェリスは頬を膨らませ、憮然としている。

「わかりました。それでは、ポルトスまでの伝書パトを手配しておきますね」

「ああ、一番速く飛べるパトを頼む。それから、パトが返事を待つ間の餌も充分につけてやってくれ、あのバカのことだから、パトの世話など――」

マリアはクスッと笑った。

「何がおかしい？」

「いえ、フェリス様の明るいお顔を久しぶりに見て、嬉しくなったものですから。ここのところは、魔物の返り血まみれのお姿か、酒場で飲んだくれて暴れるお姿ばかりを見ておりましたので……」

「ぐぬぬ……」

フェリスには、返す言葉がない。

「それに、リュート様は動物に大変好かれるのですよ。馬も、鶏も、もちろんパトだって、それはそれは大切に世話をしておられました」

「知っているさ……」

顔を赤らめたフェリスは、マリアから顔を背け、指に挟んだ手紙を小さく動かした。

「……わかったなら早めに頼む」

「はい。承知いたしました」

マリアは両手で丁寧に手紙を受け取ると、窓の外、霊峰タッタスをぼんやりと眺めているフェリスに深々と一礼。

マリアは軋む扉に両手を添えて丁寧に、ゆっくりと閉めた——

# あとがき

皆様、はじめまして。著者のkaede7(かえでなな)と申します。この度は本書を手に取って頂き、誠にありがとうございます。当作品は、「第二回ノベルアップ＋小説大賞」にて入賞した作品を改題し、改稿、加筆したものです。書籍化検討からの出発。一年以上の旅路。たくさんのご支援により、こうしてあとがきを書くところまでたどり着くことが出来ました。

文字だけの世界を、かくも華麗に彩ってくださったイラストレーターの村上ゆいち先生。作品の磨き上げはもちろん、右も左も分からない私を、的確に導いて下さった担当編集者様。一丸となって作品を完成させていけたことは、他では得がたい喜びでした。改めまして御礼申し上げます。今後とも、どうぞよろしくお願いします。

小説投稿サイト「ノベルアップ＋」で出会った方々、運営事務局の皆様方には、素晴らしいコンセプトのもと、著者としての私と、本作品を育てて頂いております。本当に、本当にありがとうございます!! 紙幅の都合で短くなり恐縮ですが、それでは、幸運にもその機会に恵まれるようでしたら、ぜひまた、次巻でお会いできましたら幸いです！

HJ NOVELS
HJN60-01

# “悠優”の追放魔法使いと幼なじみな森の女神様。1

～王都では最弱認定の緑魔法ですが、故郷の農村に帰ると万能でした～

2021年10月19日　初版発行

著者――kaede7

発行者―松下大介
発行所―株式会社ホビージャパン
〒151-0053
東京都渋谷区代々木2-15-8
電話　03(5304)7604（編集）
　　　03(5304)9112（営業）

印刷所――大日本印刷株式会社

装丁――coil／株式会社エストール

乱丁・落丁（本のページの順序の間違いや抜け落ち）は購入された店舗名を明記して当社出版営業課までお送りください。送料は当社負担でお取り替えいたします。但し、古書店で購入したものについてはお取り替えできません。
禁無断転載・複製

定価はカバーに明記してあります。

©Kaede7

Printed in Japan

ISBN978-4-7986-2572-0　C0076

ファンレター、作品のご感想お待ちしております
〒151－0053　東京都渋谷区代々木2－15－8
(株)ホビージャパン HJノベルス編集部 気付
**kaede7 先生／村上ゆいち 先生**

アンケートは
Web上にて
受け付けております
(PC／スマホ)

**https://questant.jp/q/hjnovels**

- 一部対応していない端末があります。
- サイトへのアクセスにかかる通信費はご負担ください。
- 中学生以下の方は、保護者の了承を得てからご回答ください。
- ご回答頂けた方の中から抽選で毎月10名様に、HJノベルスオリジナルグッズをお贈りいたします。